하야켄
일러스트 아키타 히카
"아오야기 아키라입니다.
잘 부탁합니다."
나타난 미소녀는 조금 긴장한 듯이 웃었다.
아오야기 아키라…… 아니 그건,
내 친구인 아키라의 풀 네임이잖아!
설마 아키라……?! 아니, 혹시 엄청난
우연일 뿐 다른 사람인가?!
KB012237
VRMMO 학원에서
즐거운 마개조 가이드
~최약 직업으로 최강 대미지를 뽑아봤다~

야노 유우나

직업 성기사

레벨 24

렌의 반에서 에이스를 맡고 있는 소녀.
노는 계열의 화려한 외모와는 반대로
게임을 좋아하는 인도어파.

마에다 코토미

직업 학자

레벨 18

렌의 반에서 반장을 맡은 소녀.
성실하지만 게임 초보자라서
약소 직업이라는 학자를 고르고 만다.

아오야기 아키라

직업 소드 댄서

레벨 1

한 달 늦게 학원에 입학한 소녀.
실은 렌과 중학교 때부터 온라인 게임 친구.
밝고 활기찬 성격에 운동신경도 좋다.

CHARACTER

타카시로 렌

직업 문장술사

레벨 4

게임에 열정을 쏟는 남자 고등학생.
최약 직업이나 못 써먹는 스킬을 마개조해서
빛나게 만드는 게 취미.

CHARACTER

고작 4인 파티로
흑룡 디아블로를 공략?!
성공의 열쇠를 쥔 것은 물론—
렌의 마개조!!

VRMMO 학원에서 즐거운 마개조 가이드

~최약 직업으로 최강 대미지를 뽑아봤다~

하야켄 지음

아키타 히카 일러스트

이경인 옮김

A Guide to Happy Devil Mods
at VRMMO High School

CONTENTS

프롤로그

그것은, 중학교 3학년 가을 무렵의 일이었다.

마침 진로가 어쩌니저쩌니하며 주변이 소란스러워졌을 무렵에—.

『저기, 렌. 너는 고등학교 어쩔 거야?』

모니터상의 채팅 윈도우가 그런 문자열을 표시했다.

발언한 사람은 화면에 비친 우락부락한 수인(獸人) 캐릭터다.

캐릭터 네임은 아키라(アキラ). 이 MMORPG 이터널 판타지(통칭 EF)나 다른 온라인 게임에서도 줄곧 같이 해왔던, 절친이라 할 수 있는 친구였다.

『으음. 뭐, 평범하게 가깝고 갈 수 있을 만한 곳에 갈 예정.』

나는 채팅으로 그렇게 답했다.

내 아바타인 렌(타카시로 렌이라서 렌. 그냥 그대로)은, 웅대한 배경을 한눈에 볼 수 있는 높은 바위산 꼭대기에 앉아있는 중이었다.

아키라는 캐릭터의 외모와는 어울리지 않게 아름다운 풍경을 무척 좋아했다.

마음에 든다는 이곳에 자주 나를 내려와서 둘이서 별것

아닌 잡담 채팅을 하는 게 항상 있는 행사다.

아키라만큼 절경 마니아가 아닌 나는 이야기 도중부터 깨작깨작 아이템을 합성하며 스킬 레벨 업에 힘쓰고 있었다.

지금도 화면 안의 렌은 합성 모션에 들어가 있습니다.

『우와, 그거 시시하네.』

『뭐? 아니, 지금 슬그머니 합성 레벨 99의 크림슨 해머 만들려고 하고 있는데? 실패가 뜨면 내 자본에 꽤 타격이 가서 풀죽을 거라고.』

『아니, 합성 이야기가 아냐! 진로!』

아키라도 나와 마찬가지로 중3이었던가?

『평범하게 고등학교 가는 게 뭐가 문젠데?』

『평범한 고등학교는 재미없잖아? 평범한 건 좋지 않아, 평범한 건.』

『그런가—? 딱히 문제도 없으니까 괜찮지 않아?』

『그게, 자주 그러잖아. 「양산기가 되지 마라」라고! 기왕이면 인생을 즐겨야지!』

『뭐, 어디 광고 같은 데서 보긴 하지만…….』

조금 수상쩍지 않던가?

『그래서, 내 진로가 뭐 어쨌다고?』

『아아, 응. 나, 세이세이(世成) 학원에 들어가려고 하거든. 렌도 같이 가지 않을래?』

『세이세이 학원? 아, 아아, 온라인 게임 학원?』

『그래그래.』

그 이름은 나도 들어본 적이 있다.

아무래도 학교 교육에 온라인 게임을 도입했다고 한다.

게다가 단순한 MMO가 아니라, 최첨단 기술인 VR(버추얼 리얼리티)이 들어간 VRMMO라고 한다.

수업도 그 VRMMO 공간에서 한다는 모양이다.

VRMMO를 통해서 잘 배우고 잘 놀자는 게 콘셉트라나.

뭔가 꿈이 넘치는 느낌이다.

『그래도 비싸잖아?』

『그건 우리가 관여할 바가 아니지. 그래도, 학교 공인으로 온라인 게임을 마구 하면서도 성적이 올라간다고 하잖아. 재미있어 보이니까 같이 가보자고!』

『뭐, 흥미가 있기는 하지만…….』

VRMMO는 가정용으로는 나돌지 않는다.

게이머로서 흥미가 끌리지 않을 수 없다.

어떤 느낌인지 두근두근하다는 것이 솔직한 마음이다.

『그리고, 말이지. 우리는 헤비 게이머잖아?』

『그렇지.』

『바꿔 말하면 온라인 게임 폐인이잖아? 오타쿠잖아?』

『뭐, 세간에서는 그렇게 보이겠지.』

『그렇지. 그리고 뭐, 일반인들은 싫어하잖아? 인기 없잖아?』

『그럴지도. 나는 그다지 신경 쓰이지 않지만. 신경 쓰는 타입이야?』

부모님의 영향이겠지. 좋아하는 일이라면 끝까지 파고들어라! 라는 말을 자주 들었다.

그래서 게임만 하고 있지만 딱히 혼나지도 않거니와 오히려 따스하게 지켜봐준다.

애초에 아버지가 게임 회사에서 일하고 있으니까 말이지.

『보통은 신경 쓰이지. 하지만 온라인 게임 학원이라면 비슷한 녀석들이 모일 거 아냐? 끼리끼리잖아.』

『흠.』

『게임을 좋아하는 녀석들이 모일 테니까, 학교의 온라인 게임에서 영웅이 되면 인기가 폭발할 거야! 즉, 너도 인기가 많아지는 거지! 이거 굉장하지 않아? 세계관의 대전환이라고.』

『아니, 왜 자기는 제쳐놓고 나로 한정하는데?』

실은 현실에서 꽃미남이기라도 한 건가?

친구가 된 세월은 길긴 하지만, 현실에서 만난 적은 한 번도 없으니까 모르겠네.

『어? 그럼 너 인기 많아?』

『아니, 그건 아닌데.』

단호하게 말했다. 뭐, 이것만큼은 단언할 수 있지.

아마 순탄하게 흘러간다면 평생 동정인 채로 끝날 거다.

그래도 그게 그렇게 나쁜 일인가?

요즘에는 비슷한 녀석도 엄청 많을 텐데.

좋아하는 걸 마음껏 하다가 결과적으로 그렇게 되었다면, 딱히 문제는 없지 않나?

결코 현실의 여자아이에게 흥미가 없다는 건 아니다.

하지만, 그게 전부인가 하는 거지. 그렇지 않잖아?

『좋아, 그럼 정해졌네. 온라인 게임 학원에 같이 들어가자! 어때?』

『아니, 잠깐. 뭔가 지금 스토리가 급전개했는데.』

『괜찮잖아! 나는 아직 너랑 같이 게임 하고 싶다고! 어때 어때, 가자가자!』

우락부락한 아저씨 캐릭터치고는 안의 사람이 꽤 텐션이 높다고나 할까, 어린애 같다고나 할까— 은근슬쩍 호기심이 왕성하다니까.

하지만 뭐, 좋은 녀석이고, 같이 게임을 하면 즐겁긴 하지…….

남자끼리의 우정으로 진로를 결정하는 것도 나쁘지 않나!

어차피 아무 생각 없이 근처 고등학교에 가려고 했었으니까.

『……좋아, 정했다! 알았어, 부모님한테 이야기해볼게.』

『오오! 역시 렌이야. 말이 통한다니까!』

그런 일을 거쳐서 내 고등학교 진로는 정해졌다.

온라인 게임 학원, 세이세이 학원에 수험을 해서 합격. 아키라 쪽도 문제없이 합격.

봄부터 새로운 게임을 같이 즐기는 게 기대됐다.

하지만—.

같이 하자고 약속했던 아키라는, 내 앞에 나타나지 않았단 말이지.

제 1 장 아키라(アキラ)=아키라(あきら)

딩~동~댕~동.

판타지 세계 속 교실 같은 공간에서, 예비종이 울려 퍼졌다.

창가 자리의 나는 멍하니 창밖의 경치를 바라보고 있었다.

구름이 바로 옆이나 아래쪽에 보인다. —마치 이곳이 천공에 떠 있는 것 같다.

실제로 이곳은 부유도시에 있는 학교라는 설정이다.

교실에 있는 학생들은 우리 1학년 E반의 아이들.

모두 차림새는 튼튼하게 입은 풀 아머 기사거나, 가죽 갑옷을 입은 경장전사풍이거나, 고깔모자를 쓴 마법사풍이거나 등등.

나도 짙은 남색의 후드 달린 로브를 입고 있다. 마법 직업이니까.

일단 장비로서 학생복이 배포되기는 했지만, 이곳은 게임 속이라서 의상 규정이 없다.

세이세이 학원의 가장 큰 특징인 VRMMORPG 언리미티드 월드(통칭 UW).

지금 나는 집에서 UW에 로그인해서 수업 개시를 기다리고 있었다.

플레이어는 게임 내 설정으로 세계의 중심에 있는 바다 위에, 높이 떠오른 부유도시 티르나의 마법학원 학생이라고 한다. 그곳에서 평범한 학교와 마찬가지로 수업을 받는다. 통학이 집에서 도보 0분이라는 게 굉장하다.

현실의 학교 건물 같은 것도 필요 없으니 전뇌공간의 유효 활용이라고나 할까, 일본 전국 어디에서나 다닐 수 있다. 교과서 같은 것도 전부 게임 내 아이템이라 전자서적 같은 셈이고.

선생님은 페이퍼리스, 보더리스, 건물리스의 미래지향이라고 했다.

학교를 운영하는 자본이 근원을 따라가면 게임 관련의 기업연합이라고 한다.

게임업계가 교육업계와 콜라보레이션 해봤다.

게임의 새로운 가능성을 찾는다.

교육업계로서도 게임과의 융합으로 이 저출산 사회에서의 생존을 모색한다.

세간에서 말하기로는 이런 느낌이다.

나는 복잡한 건 아무래도 좋고, 재미있는 게임을 즐길 수 있으면 그걸로 충분하긴 하지만 말이다.

자, 평범한 학교에서 수업을 하는 시간은 우리도 이 공간에서 수업을 한다.

그게 끝나면 자유행동.

퀘스트를 하거나, 레벨 업을 하거나, 평범하게 온라인 게임을 하는 느낌이다.

벌써 입학한 지 한 달 정도 지나서 이 시스템도 익숙해졌다.

"타카시로, 잠깐 괜찮아?"

그 말과 함께 나를 찾아온 것은 반장인 마에다였다.

조금 뾰족한 분위기지만 상당한 미인에다 요조숙녀 느낌이다.

이 UW(언리미티드 월드)는 모션 관련 시스템 때문에 게임 내 캐릭터에 자신의 용모가 반영된다. 하지만 머리색이나 머리 모양의 조정은 가능하다.

마에다는 그런 건 하지 않은 것 같다. 무척 성실한 느낌이 든다.

뭐 나도 머리색은 건드리지 않았고, 꼭 건드려야 하는 이유도 없지만 말이다.

"응? 오, 뭔가 용건?"

"타카시로의 레벨, 반 평균보다 무척 낮은 것 같은데, 뭔가 곤란해?"

지금 내 캐릭터 레벨은 4. 직업은 문장술사였다.

"어? 아아— 잠깐 기다려봐."

나는 시스템 윈도우를 불러서 설정메뉴를 통해 간이 스테이터스 표시를 온(ON)으로 바꿨다.

마에다 코토미(1-E)

레벨 18　학자　스테이터스 아이콘 없음.

덤으로 교실을 돌아봤다.

다들 대략 15~20 정도까지 올리고 있다.

아아. 꽤나 차이가 벌어졌네.

"강제는 하지 않지만, 타카시로도 따라잡아서 미션에 협력해줬으면 좋겠어. 레벨 업이라면 도와줄 테니까."

입학하고 나서 곧장 첫 번째 대규모 이벤트로 1학년 전원에게 반 대항 미션이 시작되었고, 지금도 이어지는 중이었다.

내용은 몬스터가 대량 발생하고 있는 트리니스티 섬에 들어가 보스를 쓰러뜨리는 것.

어느 반이 그걸 쓰러뜨린 시점에서 종료되는 대항 레이스 형식이다.

이긴 반에게는 전원에게 게임 내 보너스가 지급된다.

그리고 마에다는 반장이자 공략 리더니까, 모두를 한데 모으지 않으면 안 된다.

하지만 나로서는 가급적 레벨을 올리고 싶지 않단 말이지.

일단 입학식 조금 전에 아키라에게서 메일로 연락이 왔다.

아무래도 현실에서 다친 모양인지, 입원하게 되어 학교에 오는 게 늦어진다는 이야기였다.

우리가 집에 놔두고 있는 VR 단말을 병원에도 가져갈 수 있다면 좋았겠지만…….

뭐, 사이즈가 크니까 어쩔 수 없나. 태닝 머신처럼 안에 쏙 들어가는 타입이고 말이야.

입원한 곳에 가져가는 건 꽤 힘들겠지.

개의치 않고 먼저 팍팍 올리고 있으라는 말을 들었지만, 역시 아키라와 함께 이 게임을 하자고 약속했으니 한동안 레벨 업을 하지 않고 기다리고 있었던 거다.

온라인 게임의 초기는 걸음마 단계라서 가장 두근두근한 포인트니까.

이런 재미있는 시기는 역시 아키라와 공유하고 싶었다. 뜨거운 우정이라니까.

하지만 나를 신경 써주는 마에다에게는 미안했다.

그녀도 좋아서 공략 리더를 하는 게 아니라 입시 성적이 좋아서 반장으로 지명되었고, 반장이니까 공략 리더가 되었다는 흐름이다.

게임 경험은 오프라인 게임 메인이고, 온라인 게임은 처음이라고 한다. 그런데도 열심히 노력하고 있으니까 협력해주고 싶기는 하지만— 으~음…….

"아~ 미안. 딱히 곤란한 일이 있는 게 아니야. 열심히 따라갈 테니까."

결국 나는 애매모호한 대답밖에 할 수 없었다.

그런 나를 보고 조금 떨어진 자리에서 목소리가 들렸다.

"이~봐, 코토미~코토미~."

야노 유우나(1-E)
레벨 24 성기사(팔라딘) 스테이터스 아이콘 없음.

우왓, 레벨 높네. 반에서 가장 높지 않던가? 우리 반의 에이스인걸.

직업도 파티의 중심이 되는 탱커(방패 역할)인 성기사. 주역이니까.

단, 외모는 갸루[#1] 같다고나 할까, 그냥 갸루다. 요즘은 좀 드물다.

즉, 갸루 팔라딘이군. 조금 나른한 분위기지만 귀여운 애다.

"왜? 유우나."

"타카시로라면 내버려 둬도 괜찮아 괜찮아. 걱정할 것 없다구."

듣자 하니, 방과 후에는 미션 클리어를 위해 모두 모여서 레벨 업을 할 때가 많다고 한다.

야노는 여러 파티에 들어가서 탱커를 맡고 있는 모양이다.

적의 공격을 한몸에 받고, 아군에게 공격이 가지 않도록 지키는 게 탱커의 임무.

탱커가 안정되어 있으면 다른 쪽이 좀 어설프더라도 어떻

#1 갸루 소녀를 뜻하는 영어 Girl에서 파생된 단어. 검게 태운 피부에 과도한 화장 및 헤어스타일을 즐기는 여성들을 가리켰으나, 최근에는 과도한 피부연출이 없기도 하다.

게든 할 수 있다. 가장 중요한 포지션이다.

야노는 꽤 능숙한 모양이다. 들어보니 온라인 게임 경험이 풍부한 것 같았다.

참고로 마에다의 학자는 딜러(공격 역할)(대미지 딜러, 어태커)이고, 내 문장술사는 버퍼(지원 역할)로 분류된다.

"유우나, 왜 걱정이 안 되는데?"

"그게, 이래 봬도 타카시로는 온라인 게임 세계에서는 조금 유명한 플레이어였거든. 통칭 망캐 마이스터 렌. 여러 게임에서 비인기 중의 비인기 직업을 써서 톱 플레이어의 일각에 낀다니깐. EF라든가, 데몬퀘 같은 곳에서."

전에 반 아이들과 잡담을 나눴을 때 어떤 게임을 했느냐는 이야기가 나왔었다.

거기서 이야기를 하는 와중에, 그녀가 나를 알고 있었다는 걸 알았다.

다른 게임을 하던 나를 알고 있는 녀석이 일반적인 것처럼 있다.

게다가 그걸 교실에서 태연하게 이야기한다.

게임을 좋아하는 사람이 모이는 학교이기에 가능한 광경이다.

여기서는 폐인 게이머인 걸 감춘다는 불문율이 없다.

게이머가 지내기 편한 세계인 건 확실하다.

쓸데없이 신경을 쓰지 않아도 되니까.

"타카시로, 정말이야?"

"아니, 그렇게 유명한 정도는 아닌데. 그냥 취미일 뿐이고."

나는 그런, 망한 캐릭터 취급받는 존재를 어떻게든 빛내는 걸 좋아한단 말이지.

부모님의 야구팬 기질에 영향을 받아서 야구로 비유하자면, 노무라 재생공장#2이라든가, 노장 좌완 마개조라든가 트라이아웃에서 부활이라든가, 육성선수 신화라든가, 그런 것에 로망을 느낀다.

비인기 직업은 건드리는 녀석도 적어서 새로운 발견을 하기 가장 쉬우니까.

그렇지만, 어쩔 도리가 없었던 적도 꽤 많다.

방금 야노가 성공 사례를 거론했지만, 실패 사례도 비슷할 정도로 많다.

그 대부분을 아키라와 함께 해왔었지.

"으음, 그리고 여기 UW에 와서도 비인기 직업 골랐잖아? 이건 뭔가 저지를 전조인 것이 확정적으로 분명하다…… 라고 난 기대하고 있거든. 그래서 마음대로 하게 내버려 두는 게 좋을 것 같다는 거지."

이곳 UW에도 비인기 직업은 몇 가지 있고, 한꺼번에 뭉쳐서 노답스로 불리고 있다.

#2 노무라 재생공장 일본 프로야구 감독 노무라 카츠야는 버려진 선수들을 모아 탈바꿈시키는 것이 능숙해서 재생공장장이라 불렸다.

내가 고른 문장술사는 노답스의 리더로 불리는 존재였다.

적의 약체화를 특기로 하는 지원계 마법 직업인데, 공격 마법은 전혀 익히지 못하고, 무기도 지팡이밖에 장비할 수 없고, 신체능력도 낮다.

공격 능력에 관해서는 압도적으로 전 직업 최하위다.

힐러(회복 역할)인 승려(클레릭)도 해머를 장비할 수 있어서 은근히 때릴 수 있다.

그럼 지원 능력이 특출하느냐 묻는다면, 그렇지도 않다.

같은 지원계의 대명사인 음유시인은 아군의 강화도 적의 약체화도 가능하다.

게다가 음유시인은 활도 장비할 수 있어서 물리 공격도 그런대로 한다.

문장술사는 적의 약체화뿐이고, 게다가 MP도 소모한다. 하지만 음유시인의 주가(呪歌)는 MP가 필요 없다.

공격 능력은 최하위. 특기인 지원은 2티어 이하.

솔로 전투는 최약이고, 파티 전투에서도 역할이 겹치는 상위호환이 있다.

문장술사의 스펙은 이런 느낌이다. 뭔가 딸린다는 느낌이 장난 아니다.

납득할 만한 직업 인구 최하위. 노답스의 필두다.

입학 후에 바로 진행된 오리엔테이션에서 2학년 선배가 왔었다.

그리고 직업간 순위에 대해서도 살짝 가르쳐줬다.

나는 망설임 없이, 일부러 이 노답스의 리더를 초이스했다.

내 손으로 이 녀석을 마개조해서 빛나게 만들겠어! 라는 포부로.

역시 게임은 즐기지 않으면 의미가 없다.

내 플레이 스타일은 굽히지 않겠어!

원래대로라면 아키라와 함께 이 녀석을 어떻게 쓸 만하게 만들지, 이거도 아니다 저거도 아니다 하며 시행착오를 하고 싶었다.

"잘 모르겠지만, 기대해도 된다는 거야?"

"뭐, 조금만 더 기다려준다면……."

레벨은 아키라를 기다리기 위해 가능한 한 올리지 않았다.

하지만 그만큼 시행착오를 할 시간은 많이 있었다.

사실, 문장술사의 마개조 목표는 어느 정도 세워놨다.

언제라도 실험 단계로 이행할 수 있기는 하지만—.

"마음대로 하셔하셔. 하지만 우리끼리 미션 클리어해서 차례가 없어져도 우린 모르니까 그건 알아서 하는 걸루."

"아~ 응. 공략은 순조로워?"

"꽤 괜찮은 느낌인데? 지금 10층 중에서 8층 공략 중인 느낌."

"다른 반과 비교해도 선두 집단에 들어갈 만한 진척 아닐까."

다행이다. 그럼 조금 더 아키라를 기다려도 되겠어.

그런 생각을 하고 있는데, 교실 문이 열리고 담임 선생님이 들어왔다.

"자자~. 게임 바보들아, 좋은 아침~."

엄청나게 가볍고 솔직한 느낌. 차림새는 마법학교의 여교사라는 분위기다.

우리 담임인 나카타 선생님이다. 또한 올해로 24세라고 했다.

밝은 미인 누님이라는 표현이 딱 맞는다. 원래 우리 학교의 1기생이라고 한다.

"오늘도 귀찮지만 우선 공부—를 하기 전에 소식이 있답니다~."

흐으음, 뭘까? 나카타 선생님은 싱글벙글 웃으며 말을 이었다.

"오늘부터 추가 캐릭터가 한 명 들어옵니다~. 반 대항 미션도 마지막이 다가오고 있기는 하지만, 앞으로도 반 대항 이벤트는 있으니까. 모두 사이좋게 지내렴~. 그럼 아오야기, 들어와 들어와. 자, 다들 박수!"

짝짝짝짝. 그리고 교실에 나타난 것은 한 마디로 표현하자면 미소녀였다.

살랑살랑한 롱 헤어에, 아이돌에게도 뒤지지 않는 엄청나게 귀여운 얼굴.

그리고 작은 동물 같은 귀여움과는 반대로 가슴이 엄청

커 보인다.

뭐랄까, 흠잡을 데가 없다는 건 이런 걸 말하는 걸까…….

"아오야기 아키라(あきら)입니다. 잘 부탁합니다."

나타난 미소녀는 조금 긴장한 듯이 웃었다.

그 광경만이라면, 별것 아니다.

굳이 따지자면 뭔가 흐뭇해 보이는 느낌이지만—.

"뭐어어어어?!"

그 자리에서 나만, 깜짝 놀라서 소리를 질렀다.

아오야기 아키라…… 아니 그건, 내 친구인 아키라의 풀네임이잖아!

설마 아키라……?! 아니, 혹시 엄청난 우연일 뿐 다른 사람인가?!

"응~ 타카시로, 왜 그러니?"

"아, 아뇨…… 아는 사람하고 같은 이름이라, 깜짝 놀라서요."

"그렇게 말하면서, 바로 이 미소녀에게 접근하고 싶은 거 아냐? 너 의외로 빠르게 움직이네. 뭐, 선생님은 막지 않겠지만~."

노골적으로 히죽히죽거리고 있다. 교사라기보다는 마치 동네 아줌마 같다.

교실에서 키득키득 웃는 소리가 들렸다. 젠장, 왠지 부끄러운 기분이다.

"뭐, 좋아. 그럼 타카시로를 봐서 아오야기의 자리는 타카시로의 옆! 마침 비어있으니까, 아오야기는 저쪽으로 가줘."

재촉을 받은 아오야기가 내 옆자리로 왔다.

왠지 미안하니까 사과하는 편이 좋나? 하지만 조금 거북하네.

그러나, 내가 뭔가 말하기도 전에 저쪽에서 내게 말을 걸어왔다.

"저기, 타카시로…… 렌?"

"……? 왜 내 이름을 알고……, —가 아니라 역시 같이 온라인 게임을 잔뜩 했던 아키라잖아?!"

내 대답을 듣자 아오야기는 엄청 기뻐하며 웃었다.

"와아앗! 역시 렌이네! 해냈다—! 바로 빙고!"

어지간히 기뻤는지 덥석 안겨 왔다.

가족이나 친척 이외의 여자아이에게 안겨본 경험이 없어서, 게임 안이라고는 하지만 솔직히 깜짝 놀라서 두근두근했다.

"오오오오?! 뭐야 이 초고속 전개?! 요즘 젊은 애들은 스피드가 엄청나네!"

선생님이 탄성을 내질렀다. 반 아이들도 놀라서 웅성거렸다.

그걸 깨달은 아오야기가 부끄러운 듯이 사과했다.

"아, 죄, 죄송합니다……. 줄곧 같이 게임을 해왔던 친구였거든요. 처음으로 만난 게 기뻐서—."

그보다 나, 같이 온라인 게임을 하던 아키라가 남자라고 믿어 의심치 않았었는데.

왜냐하면 언제나 우락부락한 수인 남자 캐릭터였으니까. 만약 수인을 고르지 못하면 아저씨 캐릭터를 했고.

그렇지만 몇 년이나 같이 해온 친구였는데도 깨닫지 못할 줄이야…….

나는 사실 둔한 게 아닌지……. 진짜로 죽을 만큼 놀랐다.

지금까지 아키라와 했던 플레이를 떠올려보니— 이런 미소녀였다는 걸 알았다면, 조금은 태도를 달리했을지도 모른다는 기분이 들었다.

아무런 주저도 없이, 하고 싶은 말을 마구 떠들면서 함께 어울렸으니까.

평정심을 되찾은 교실에서 선생님이 아침의 HR를 진행하는 가운데, 아오야기가 나를 바라보며 싱긋 웃었다.

"그런고로 저, 사실은 여자아이였습니다! 놀랐어? 렌."

"그래. 진짜로 죽을 만큼……."

"그렇지? 절대로 눈치 못 챘을 거라고 생각했으니까."

"하하하. 하지만 아오야기가 여자아이였을 줄이야……."

그렇게 말하자 아오야기가 조금 뺨을 부풀리며 불만스러운 표정을 지었다.

"아~ 그거 왠지 서먹해. 나랑 렌 사이잖아, 아키라면 되거든?"

"응? 그, 그래? 그럼— 아키라."

"응응."

싱글벙글한 작은 동물 같은 미소.

이런 태도 변환이 빠르고 텐션이 데굴데굴 바뀌는 느낌이 아키라 같을지도.

나카타 선생님이 HR를 끝나고 떠날 때, 아키라를 불렀다.

"아, 아오야기. 방과 후 게임 내 직업 등등의 초기설정이 있으니까, 뭐가 좋을지 생각해두렴. 원래는 다른 아이들처럼 오리엔테이션 시간을 줘야겠지만, 그건 미안해."

"네. 알겠습니다."

그런 충격적인 재회? 가 지나간 뒤—.

수업 중간의 쉬는 시간에 아키라는 첫 등교가 한 달 늦어진 일을 사과했다.

"미안해. 내가 권유했는데 같이 스타트할 수 없어서…… 렌이 엄청 화난 게 아닐까 걱정했었어."

"아냐, 전혀 화나지 않았어, 화나지 않았어."

웃으며 뚜둑뚜둑 주먹을 풀었다.

소리가 나는 게 대단한걸. 이 게임, 무척 정밀하게 제작했네.

"히이익, 화내고 있잖아, 화내고 있어…… 그보다 엄청 정밀하네, 이 게임. 손가락 꺾는 소리도 나는구나."

아키라도 나와 같은 점에 주목했다.

"그러게. VRMMO는 대단해."

"게임이라기보다는, 뭔가 이세계로 워프한 느낌이야. 이

리얼리티는 장난 아니네. 어느 쪽이 현실인지 모르게 될 것 같아."

"로그창이라든가 게이지가 보이는 부분은, 그야말로 게임다운 게임이지만."

아츠 포인트
이러는 와중에도 내 HP/MP/AP 게이지가 시야에 보인다.

로그 윈도우도 고정표시로 해두면 항상 시야에 둘 수가 있다.

HP·MP는 말할 것도 없이 히트 포인트와 매직 포인트.

AP(아츠 포인트)는 검이나 창 등의 아츠를 쓸 때 필요하다.

아츠는 『더블 슬래시』등의 필살기다.

강력한 아츠일수록 소비 AP가 많아진다.

AP는 MP와 달리 기본치가 0이고 적에게 공격을 적중시키거나, 대미지를 받으면 쌓이는 시스템이다.

격투게임의 초필살기 게이지를 생각하는 게 가장 와 닿을 것이다.

그건 넘어가고, 이번에는 이쪽의 상황을 설명할 차례다.

일부러 비인기 직업인 문장술사를 골랐고, 또한 나만 레벨이 낮은 것을 알자 아키라는 조금 기뻐 보였다.

"아, 나를 기다려주고 있었던 거구나. 기쁘네, 고마워?"

"아니, 내가 멋대로 기다렸을 뿐이니까 감사할 필요는 없어. 역시 가장 두근두근한 느낌이 드는 첫 시작 시기는 같이 하고 싶었거든."

아키라에게는 먼저 진행하고 있으라는 연락도 받았었다.

그런데도 기다렸던 이유는, 그저 내 어리광이다.

"그래도 뭐, 레벨 말고는 이것저것 해왔지만……."

"호오호오? 그럼 이번 마개조는 성공할 것 같아?"

"아직 실험을 해보지는 않았지만, 어떻게든 될 것 같은 느낌은 들어."

"그럼 이제부터 단숨에 파팍! 하고 만회하자. 이래 봬도 우리는 선택받은 온라인 게임 엘리트라고 생각하니까, 단숨에 따라잡아서 반 대항 미션을 우승하는 거야."

"온라인 게임 엘리트…… 즉, 중증 온라인 게임 폐인이라는 거?"

"아앗?! 모처럼 멋있게 말하고 싶었는데!"

이런 시시한 소리를 하는 건, 역시 내 친구인 아키라 그 자체다.

왠지 안심된다면 안심된다.

"그럼, 내 직업은 뭘로 할까. 뭔가 추천할 거 있어? 방과후까지 정해야 하니까."

"일반론과 내 이론이 있습니다만."

"그럼 일반론부터."

"성기사, 마검사, 마도사, 음유시인, 승려 같은 거 아닐까."

나는 탱커, 딜러, 버퍼, 힐러라는 각 역할군의 대표를 거론했다.

딜러는 근접형과 원거리형이 크게 성질이 다르기 때문에, 마검사와 마도사로 각각 나뉬다.

이건 이 게임의 공략본 『언리미티드 월드 가이드북』에서 평가가 높은 직업이다.

어째서 학교의 온라인 게임에 공략본이 있느냐 하면, 정보 수집이 취미인 선배들이 한데 모아서 그걸 게임 내 아이템으로 바꿔 판매하고 있는 모양이다.

이 게임은 길드 시스템도 있는데, 정보를 파는 정보상 길드가 있어서 거기가 판매처다.

길드는 부활동 같은 거라고 오리엔테이션에 온 선배가 말했다.

뭐, 신입생인 우리 쪽에서는 공략 정보가 있으면 당연히 보게 된다.

지금 거론한 것은 A랭크 직업. 참고로 문장술사는 최저인 E랭크다.

"지금 말한 건 각 역할군에서 가장 우수한 직업이야."

나로서는 우수한 직업이 우수한 결과를 남기는 게 뭐가 즐거운 건가 싶다.

하지만 싸우는 걸 좋아하는 게 아니라 이기는 걸 좋아하는 사람도 있으니, 그건 사람마다 다르겠지.

딱히 상관은 없다.

"흠흠— 그럼 렌의 이론은?"

"소드 댄서려나. 2순위가 공적(空賊)."

어느 쪽도 D랭크 평가다. 그리고 노답스에 들어가 있다.

"어느 쪽도 비인기 직업이지만, 나로서는 해주면 고마울 거야."

"흠흠흠—."

"그런고로 소드 댄서 부탁드립니다~."

같이 온라인 게임을 해왔던 분위기를 타서 슬그머니 억지 요구를 했다.

"응. 오케이."

"감사! 역시 마이 베스트 프렌드! 근데 무척 순순히 OK했네?"

평소였다면 조금 투덜투덜댔을 텐데 말이야.

"늦게 와서 걱정 끼치기도 했고, 기다려준 것도 기뻤으니까 서비스야."

이렇게 아키라의 직업은 소드 댄서로 결정됐다.

그리고 수업이 끝나고 방과 후—.

마에다가 아키라에게 찾아와서 말을 걸었다.

"아오야기. 괜찮으면 레벨 업 도와줄 건데, 같이 어때?"

"와, 고마워. 하지만 레벨차가 너무 심해서 PL처럼 될 거고, 폐를 끼치게 될 테니까 사양할게. 마에다는 공략 리더니까, 공략에 전념해줘. 나는 렌하고 레벨 업할 테니까 괜찮아."

PL이라는 건 파워 레벨링의 약자.

고레벨 플레이어의 힘을 빌려서 통상보다 빠른 스피드로 경험치를 벌어나가는 것이다.

다른 플레이어가 적을 쓰러뜨리고 있는데 옆에서 PL을 하면 단숨에 몬스터의 숫자가 줄어서 사냥터가 고갈되니 그다지 추천하는 행위는 아니다.

"그래? 타카시로도 정말로 레벨 업해 주는 거야?"

"예스. 오늘부터 전력을 다하겠습니다!"

"따라잡아서 미션에 협력할게! 기왕 하는 거니까, 꼭 우승하자!"

"알았어. 기대하고 있을게. 그럼 괜찮으면 이거 가져가."

"오오~ 『언리미티드 월드 가이드북』! 소문으로만 듣던 공략본이네. 괜찮아?"

"응. 필요한 부분은 기억하고 있으니까 문제없어. 괜찮으면 써줘."

"암기했어?! 마에다 굉장하네."

"그, 그런가? 그래도 영단어 같은 걸 익히는 것보다는 재미있으니까—."

그래, 마에다는 우리 반에서 제일 공부를 잘 했었지.

그래서 반장에다 공략 리더인 거다. 수험공부 같은 방식인 건가?

하지만 저거 꽤 비싼데 가볍게 넘겨주다니, 마에다는 남들을 꽤 잘 보살펴주네.

"고마워. 잘 쓸게. 그럼 난 교무실 갔다 올게. 선생님이 불렀으니까."

이렇게 아키라는 직업 등등의 초기설정을 하기 위해 교무실로 갔고, 반 아이들은 레벨 업이나 미션 공략을 위해 나가서 교실에는 나만 남았다.

아키라가 돌아오는 걸 기다린 뒤에 레벨을 올리러 갈 예정이다.

기다리는 동안에는 가진 소재를 써서 합성 스킬을 올려두자.

한가할 때 조금씩 해둬야지.

약 한 시간 정도 지나서— 아키라가 돌아왔다.

"잠깐만, 렌!"

얼굴을 붉히고, 왠지 조금 화내고 있는? 그런 느낌이다.

머리색은 설정을 고쳤는지 핑크색 같은 색상이 되었다.

그리고 지금까지의 학생복에서 옷이 바뀌었다.

직업 설정을 했을 때는 해당 직업의 초기 장비도 받을 수 있다. 그걸 입고 있었다.

"뭐야 이거—?! 돌아올 때 다들 엄청 쳐다봐서 굉장히 부끄러웠거든!"

이곳저곳에 팔랑팔랑 하늘하늘한 부분이 있는 드레스는 무척 귀여웠지만—.

사실, 상당히 노출도가 높았다.

겨드랑이도 보이고, 가슴도 구멍이 크게 뚫려서 아키라의 거유가 한껏 강조되어 있었다. 왠지 계곡이 출렁출렁 흔들거린다.

당연하지만 아래도 초미니라 허벅지가 다 보인다.

그보다 안쪽도 보일 것 같은 아슬아슬한 라인.

으~음…… 까놓고 말해서 이거 에로하군요.

"오오오우…… 좋네!"

나는 엄지를 척 들며 답했다.

소드 댄서의 장비는 전체적으로 이런 느낌이라고 한다.

이 직업은 D랭크 평가로, 노답스의 일원이다.

하지만 사실 성능 자체는 꽤 높다는 평가를 받고 있다.

역할군은 힐러. 하지만 조금 특수해서, 회복마법을 쓰는 게 아니라 회복 효과가 있는 댄스로 회복을 한다.

그리고 댄스는 MP를 소비하지 않는다. 소드 댄서는 MP를 지지 않아서 0이다.

그럼 무엇을 소비하느냐 하면, 바로 AP다.

AP는 초필살기 게이지 같은 것.

그러니 적에게 공격을 맞추거나 맞으면서 쌓아야 한다.

그 때문에 적에게 접근해서 계속 때려야만 하는 위치다. 근접형 힐러인 셈이다.

쓸 수 있는 무기는 한손검이나 양손검. AP를 댄스가 아니라 아츠에 사용하면 딜러도 가능해서, 이런저런 곳에 써먹을 수 있다. 테크니컬하고 꽤 재미있는 직업이다.

그럼 무엇이 평가를 낮추는 건가?

그건 바로, 전반적인 장비의 노출도가 너무 높다는 것이다.

모니터 앞에 있는 자기 캐릭터를 바라보는 평범한 MMORPG라면 노출도가 높든 말든 히죽히죽거릴 수 있다.

하지만 자기가 게임 내 캐릭터가 되는 감각인 VRMMO라면, 감각이 현실에 가까운 만큼 대담한 디자인의 장비를 입는 게 당연히 부끄러워진다.

그래서 스스로에게 자신감이 있는 사람 전용 직업이라는 말을 듣는다.

여자가 해줬으면 하는 직업 넘버 원이자, 여자가 하고 싶지 않은 직업 넘버 원이기도 하다. 그런 실제 플레이하는 사람의 문제 탓에 인구가 적다는 슬픈 직업이다.

뭐, 아키라의 리액션을 보면 납득할 수 있다. 확실히 이건 부끄러울지도…….

보고 있는 내 쪽에서야 물론, 고맙기 그지없는 일이지만.

"렌, 혹시 야한 목적으로 소드 댄서를 하라 그런 건 아니지?!"

"그건 아니야! 난 어제까지 아키라가 남자라고 생각했는데도 소드 댄서를 해달라고 하려고 했거든! 성능을 위해서는 조금 혐오스럽더라도 참으려고 했어!"

"……정말로오? 말은 그렇게 하면서 좋아하고 있잖아?"

의심스러워하는 시선이 꽂혔다.

"그야 혐오스러운 모습을 참으려고 했었는데 미소녀의 비키니 아머 같은 무언가로 바뀌었으니 기쁜 게 당연하잖아."

"미소…… 으~음…… 어, 어쩔 수 없네—. 이미 정해버렸으니까, 이걸로 갈 수밖에 없나. 좋아, 마음을 다잡고 레벨업하러 가자!"

웃는 얼굴로 돌변했다. 역시 표정이 풍부하다.

"하지만 역시 부끄러우니까, 이동 중에는 이걸로……."

그러더니 학생복으로 장비를 바꿨다. 마음은 이해하지만, 유감이다.

제 2 장 데드 엔드

그로부터 우리는 학교에서 나와 부유도시 티르나의 거리 구역으로 갔다.

그곳에서 비공정이 출발하는 항구로 향했다.

UW의 세계 각지에는 워프용 게이트가 있다.

하지만 이건 한번 현지로 가서 직접 활성화시켜 개통하지 않으면 워프할 수 없다.

워프 개통이 끝나면 학교에 있는 전송 룸에서 바로 워프할 수 있다.

아키라는 첫 게이트도 개통하지 않았으니, 처음에는 비공정으로 갈 수밖에 없다.

항구에 도착하자 트리니스티 섬으로 가는 비공정은 이미 출발 직전.

서둘러서 올라타자 바로 날아올랐다.

우리 말고도 승객이 몇 명 있었지만, 숫자는 적었다.

모두 일부러 비공정을 타지 않고 게이트를 써서 단축하니까.

항구를 떠난 비공정은 부유도시의 전경을 등지며 새파랗게 맑은 하늘을 나아갔다.

하늘도, 아래에 보이는 바다도, 전부 푸르고 예쁘다. 엄청

환상적이다.

절경 마니아인 아키라는 대환희하며 갑판에 나와 크게 좋아했다.

“우와아아아아아아! 이거 엄청난 절경이네! 기분 좋아~!”

“그래, 이 현장감은 이 게임 말고는 맛볼 수 없지!”

“이것만으로도 이 학교에 오길 잘한 것 같아! 엄청 리얼해! 아, 맞다. 스크린샷 찍고 싶어! 저기, 렌. 이거 어떻게 찍어?”

“응. 자, 이거.”

나는 아이템 박스에서 『마도식 영사기』를 꺼냈다.

디자인은 앤티크 카메라 같은 느낌. 그걸 아키라에게 건넸다.

“줄게. 이 게임의 스크린샷은 카메라로 찍는다더라. 이걸로 찍고, 사진을 꺼내오기를 설정하면 학교에서 데이터를 메일로 보내주는 느낌인 것 같아.”

“와아, 고마워! 렌 준비성이 좋네.”

“뭐, 분명 갖고 싶어 할 것 같아서 합성으로 만들어놨지.”

“역시나! 말이 통한다니까!”

아키라는 갑판 이곳저곳으로 이동해서 사진을 마구 찍었다.

저렇게 신바람을 내는 모습은 왠지 좋은걸..

다른 게임에서 좋아하며 스크린샷을 마구 찍는 우락부락수인 캐릭터도 왠지 귀여운 녀석이라고 생각하며 보고 있었지만, 지금은 뭐랄까, 올바른 의미로 귀엽다.

“렌! 같이 찍자! 실례합니다, 선원 씨~, 사진 찍어주세요~.”

아키라가 갑판에 배치된 NPC 선원에게 말을 걸었다.

NPC는 이름이 녹색으로 표시되므로 바로 알 수 있다. 플레이어는 파란색이다.

NPC의 사고 루틴도 무척 심혈을 기울였는지, 선원 NPC는 흔쾌히 카메라를 들어서 뒤쪽에 부유도시가 비치도록 우리의 위치를 조절했다.

"네, 그쪽입니다. 조금 더 서로 가까이 다가가 주세요."

"네~에."

아키라가 내게 스윽 다가와서 팔짱을 꼈다.

그러면 팔꿈치 쪽이 커다란 가슴에 이렇게, 몰캉—.

부, 부드럽다……. 그보다 이 게임 이런 부분까지 쓸데없이 리얼하네.

"렌, 렌."

아키라가 왠지 미안한 표정을 지었다.

"어?"

"나 전에, 이 학교에 오면 인기가 많아질 거라 했잖아?"

"아~ 그런 말도 했었지."

"어때? 지금 여자아이에게 인기 많은 느낌 들지?"

노골적으로 놀리는 기색이다.

그러나 이쪽은 여친 없는 경력 = 나이인 헤비 게이머다.

"저기…… 고, 고마워……."

눈치 있는 대답 같은 건 떠오르지 않는데요!

그런 소리를 하면 그냥 두근두근댈 뿐이잖습니까!

"뭐, 뭔가 재미있게 답해줘……. 나도 왠지 부끄러워졌잖아……."

왠지 내 긴장감이 저쪽에도 전염됐나 보다.

"미, 미안……."

"아냐, 괜찮긴 한데…… 혹시 싫었어?"

"아니, 그렇지는—."

이런 귀여운 아이가 안아오는데 기쁘지 않을 리가 없다. 하지만 익숙하지 않아서 쑥스럽다.

"자, 찍습니다~. 조금 표정이 딱딱하네요. 웃는 얼굴 부탁드려요."

그런 느낌으로 사진을 찍고, 선원 NPC에게 감사를 표했다.

나는 어떤 얼굴로 찍혔던 걸까? 부끄러워서 보고 싶지 않다.

그로부터 한동안 지나서 조금 침착해진 뒤, 화제는 서로의 캐릭터 스펙으로 넘어갔다.

"그러고 보니 렌의 스테이터스는 지금 어떤 느낌이야?"

"으음……."

나는 시스템 창을 불러서 상세 스테이터스를 열었다.

아무것도 없는 공중에 투과 윈도우가 팟 떠오르는 느낌이다.

"봐도 돼?"

"자자."

그리고 아키라가 윈도우를 들여다봤다.

스테이터스는 페이지가 여러 개로 나뉘므로 우선 선두 페이지부터 가자.

■PAGE 1/3

【캐릭터 스테이터스】

직업: 문장술사

레벨: 4

HP: 103/103

MP: 41/41

AP: 0/300

근력
STR: 9

내구
VIT: 10

재주
DEX: 11

민첩
AGI: 11

지성
INT: 20

정신
MND: 15

매력
CHR: 13

탤런트 1: 암기술사

〈효과〉 암기 계통의 무기를 장비할 수 있게 된다.

탤런트 2: 스킬 체인

〈효과〉 스킬·아츠를 세 개까지 연결해서 오의(奧義)를 만든다.

탤런트 3: 파이널 스트라이크

〈효과〉 스킬 「파이널 스트라이크」를 습득.

탤런트 4: 유동 작업

〈효과〉 합성 모션을 스킵해서 실행 가능. 단 품질향상 효과 없음.

탤런트 5: 없음

레벨 업 보너스
LUB: 12
메리트 포인트
MEP: 141

소지금: 54338미라

【장비 일람】

메인 웨폰: 지팡이칼 (OEX)

서브 웨폰: 없음

머리: 없음

몸통: 샤먼 로브

팔: 없음

다리: 샤먼 슬롭

발: 노비스 슈즈

액세서리 1: 없음

액세서리 2: 없음

이런 느낌이다.

LUB는 레벨이 올라갈 때마다 받는다.

이걸 써서 스테이터스를 올릴 수 있다.

각 스테이터스의 의미는—.

STR은 물리 공격력에 영향을 준다.

VIT는 물리 방어력이나 최대 HP에 영향을 준다.

DEX는 물리 공격의 명중률이나 크리티컬 히트율에 영향을 준다.

AGI는 물리 공격의 회피율이나 이동속도에 영향을 준다.

INT는 마법 공격력이나 최대 MP에 영향을 준다.

MND는 마법 방어력이나 최대 MP에 영향을 준다.

CHR은 댄스의 효과나 갖가지 판정에 영향을 준다.

기본 스테이터스는 직업마다 경향이 있다.

거기서 임의로 스탯 투자를 해서 보정을 하는 구조다.

MEP는 탤런트나 아츠나 무기, 방어구 등등, 여러 가지로 바꿀 수 있는 포인트다.

그야말로 메리트밖에 없는 포인트로, 많으면 많을수록 좋지만—.

이것의 유일한 입수방법은 학교 시험이다.

지금 가진 수치는 내 입시 다섯 과목의 합계 점수 마이너스 100포인트다.

다음 정기 시험은 열심히 해야…….

참고로 100포인트는 탤런트 『파이널 스트라이크』와 교환했다.

그리고 탤런트에 대해서.

이건 각 플레이어마다 슬롯이 다섯 개 준비되어 있고, 직업의 장비 가능한 품목을 확장하거나, 추가로 스킬을 익히거나, 합성을 편하게 해주는 등등 효과는 다종다양하다.

이 조합으로 캐릭터 성능이 크게 변하니까 자유도는 꽤 높다.

자기 실력을 보여줄 자리라고나 할까, 시행착오를 하는 보람이 있다.

문장술사라면 『습득의 증표 〈회복마법〉』같은 게 있으면 좋을지도 모른다.

순수 힐러의 회복마법보다는 성능이 떨어지지만, 회복마법을 쓸 수 있게 된다.

이걸로 적의 약체화밖에 용도가 없는 MP를 회복에도 쓸 수 있게 되는 거다.

"흠흠…… 암기술사에 스킬 체인에 오의— 호호~오……."

아키라는 자기가 가진 『언리미티드 월드 가이드북』을 열어서 내 스테이터스 창을 교대로 봤다.

"우왓! 『암기술사』하고 『파이널 스트라이크』는 E평가고, 『유동 작업』은 D고, 『스킬 체인』만 가까스로 C잖아? 공략본으로는 아무리 봐도 글러먹은 세팅인데…… 이걸로 마개조할 수 있어?"

"최저한으로는. 스타트 지점에는 섰다고 생각해."

"흐으응…… 렌이 자신 있다면 상관없지만— 오의라니, 대미지 딜러용 세팅이네. 문장술사는 엄청 저화력인 버퍼잖아?"

아무래도 석연치 않다는 느낌이다.

"뭐, 보고만 있어. 공략본이라고 해도 절대적인 건 아니니까. 새로운 유행이 생기면 평가는 확 바뀔 거야."

"대단한 빅 마우스네. 나는 여기서부터 대실패하는 패턴도 꽤 많이 봤으니까, 결과를 볼 때까지 믿을 수 없거든요~."

"아하하하하."

으~음, 역시 아키라하고는 말이 잘 통한다. 그래도 이번에는 자신이 있다고.

세간에 일반적으로 나도는 게임이 아니니까, 지금까지의 총 플레이어수는 보통 게임보다 적을 거다. 그렇다면 플레이어 측의 시행착오가 부족해서 다이아 원석이 묻혀있을 가능성이 다른 게임보다 높다.

내 세팅은 다이아 원석이 될 수 있어—! 분명 그럴 거다.

"근데 이 탤런트 시스템은 자유도가 높아 보이고, 스킬 체인으로 오의 작성을 하는 것도 재미있어 보이네. 이것저것 시험해볼 수 있을 것 같고. 저기, 이거 어떻게 얻는 거야? 나도 오의 만들고 싶어!"

"트리니스티 섬의 첫 마을 퀘스트에서 딸 수 있어. 뭐, 『들토끼 고기』 3000개를 모으지 않으면 안 되지만."

"우왓, 그 노가다 뭐야! 싫어!"

"소재를 모으는 와중에 할 수 있으니까, 나한테는 오히려 포상이었는데."

아일랜드 버니라는 최약 레벨의 적에게서 전리품을 모으는 퀘스트였다.

적 레벨이 너무 낮아서 레벨 4로도 경험치가 들어오지 않는 것이 반대로 딱 좋았다.

저레벨을 유지하면서 아키라를 기다릴 수 있었으니까.

"트리니스티 섬 1층에서 계속 토끼를 잡으면서 이쪽 바위밭에서 광석을 채굴하거나, 숲에서 나무를 벌목하거나, 고분에서 구멍을 파기도 했지. 덕분에 합성 스킬은 꽤 올랐고, 소재가 무지막지하게 모이고 또 모여서—"

"나, 나 때문이라고는 해도…… 역시 렌은 반복 작업에 강하네."

"반복 작업과 롤러 작전은 내 특기 기술이니까."

아마 나는 공장 알바 같은 게 어울릴 거다. 해본 적은 없지만.

마음을 무(無)로 만드는 게 요령이라고.

그러면 어느새 소재의 숫자라든가 합성 레벨이 올라가니까, 쌓인 숫자를 보며 히죽히죽 웃을 수 있다.

"……나는 다른 방법으로 스킬 체인 따야지. 450MEP였던가? 으음, MEP는 귀중하니까 망설여지네."

"몇 포인트나 있는데?"

"465야!"

"뭐! 굉장하잖아?! 다섯 과목 평균 93 정도인 거 아냐?!"

"운이야, 운. 문제가 쉬웠을 뿐이라니까."

나는 다섯 과목 합계 241이었는데…… 뭐, 지금은 됐다.

"나의 탤런트는 『암기술사』가 초기 탤런트였고, 『파이널 스트라이크』는 MEP로 교환하고, 『유동 작업』도 퀘스트로 획득했어. 이쪽 퀘스트는 『우드 테이블』 256개 합성해서 납품하는 거였으니까 편했다고."

"난 256개 합성이 편한지 어떤지는 불분명하다고 생각하는데."

"그러고 보니, 아키라의 초기 탤런트는 뭐가 붙었는데?"

캐릭터 초기 설정을 한 시점에서 하나만 탤런트를 받을 수 있다.

뭘 받을지는 랜덤이라, 완전히 운을 시험하는 제비뽑기 감각이다.

"으음? 『투신의 숨결』인데."

"뭐어어엇?! 진짜야?!"

"응. 헤헷, 럭키지?"

엄청나게 좋은 탤런트였다. MEP로는 1000이었을 거다.

효과는 AP가 시간이 지나면 자동적으로 증가하는 것.

적을 때리거나 대미지를 입지 않으면 얻을 수 없는 AP가 시간만 들이면 증가하는 건 꽤나 크다.

아츠를 쓰는 모든 직업에게 획득을 추천하는 좋은 탤런트다. 공략본에서도 납득할 수 있는 A평가.

특히 AP를 회복력으로 변환하는 소드 댄서에게 AP는 아무리 많아도 부족하다.

그야말로 안성맞춤. 핀포인트로 대박을 뽑은 거다.

옛날부터 아키라는 뽑기운이 터무니없이 좋은, 비할 데 없는 강운의 소유자였다.

함께 아이템을 얻으러 갈 때도 아키라가 먼저 얻으니까.

"벼, 변함없이 운이 좋네……. 나는 『암기술사』였는데."

안정적인 E랭크 평가인데. 노골적으로 말하면 쓰레기 탤런트라고.

아무튼 우리는 내 스테이터스 2페이지를 봤다.

■**PAGE 2/3**

【마법 일람】

디바이트 서클(소비 MP 5~∞ 재사용시간 0/10초)

〈효과〉 침입자의 VIT를 25% 내리는 문장진을 설치.

문장술사 전용

디어질 서클(소비 MP 5~∞ 재사용시간 0/10초)

〈효과〉 침입자의 AGI을 25% 내리는 문장진을 설치.

문장술사 전용

【스킬 일람】

턴 오버(재사용시간 0/300초)

〈효과〉 현재 HP와 MP를 바꾼다. 문장술사 전용

파이널 스트라이크 LV1(재사용시간 0/300초)

〈효과〉 다음 일격으로 무기가 소멸하지만 큰 대미지.

【아츠 일람】

차지 스펠(소모 AP 100)

〈효과〉 지팡이술. MP를 최대치의 20% 회복한다.

발도술(소모 AP 0)

〈효과〉 암기술. 허를 찌르며 강렬하게 칼을 뽑아 벤다.

1회 공격.

한 전투에 1회만 발동 가능. 현재 HP가 낮을수록 대미지 상승.

방어력 무시. 회피 불가.

이렇게 되어 있다.

아키라가 주목한 것은 『발도술』이었다.

"『발도술』이 암기의 아츠야? 암기는 특징이 강해서 다루기 어려운 데다 입수 허들이 높고, 게다가 중요한 암기술은 단발 사양이라 실용성이 전혀 없다고 적혀있는데…… 정말로 그래?"

공략본을 들고 질문을 해왔다.

"그렇지. 기본적으로 암기의 아츠는 HP가 줄지 않으면 약해빠졌어. HP가 가득 차 있으면 일반공격과 별반 차이가 없고, 한 전투에 한 방뿐이거든. 소모 AP가 0이라서 언제든지 쓸 수 있는 건 좋지만 말이야."

암기는 현실에서는 기습용 비밀 무기다.

한 번 정체가 들키면 숨기는 게 의미가 없다는 게임적 재현으로, 한 전투에 한 방뿐인 거겠지.

"그럼 HP를 아슬아슬하게 깎아서 쏘면 괜찮은 느낌?"

"꽤 좋은 대미지이긴 한데…… 그래도 HP를 한계에 가깝게 줄이기는 어려워."

"뭐, 그렇겠네. 버거운 상대한테 그런 여유를 부렸다가는 죽을 거고. 파티를 짜고 있는 힐러한테도 쓸데없는 걱정을 끼치니까."

"그렇지. 그래서 안전하게 쓰려면 솔로로 대충 플레이할 수 있는 잔챙이 상대로 적당히 HP를 깎아서 게이지를 붉게 만들고, 느긋하게 『발도술』을 먹여서 대미지를 보고 기뻐하는, 그런 게 베스트인 거야. 뭐, 아일랜드 버니 사부님에게는 몇 번이고 신세를 졌지만."

"아하하…… 했었구나."

"게다가 암기계는 전부 OEX 속성이 붙어있어."

"OEX?"

"O는 동시에 하나밖에 가질 수 없다, EX는 남에게 넘겨줄 수 없다."

"……그럼 자기가 만들거나 주워야 해?"

"맞아. 스스로 합성하는 게 필수야."

비밀 무기니까 남들 눈에 띄지 않도록 자기가 숨겨야 한다는 게임적…… 이하 생략.

일단, 열심히 만들어보려고 했다.

암기 작성을 목표로 1층에서 소재를 모으고 합성 스킬을 올렸다.

목표를 정하고 깨작깨작 해나가는 건 즐거우니까 나로서는 괴롭게 느껴지지 않았다.

"으~음……."

"게다가 디폴트로 암기를 장비할 수 있는 직업은 없어. 탤런트 칸을 반드시 하나 소모해야만 해. 탤런트 칸은 다섯 칸뿐이잖아? 그 귀중한 칸에 이걸 넣어야 하느냐는 이야기지."

"응. 필요 없네. 관록의 E랭크네."

"그렇지. 그건 나도 인정해. 이게 초기 탤런트가 아니었다면, 아무리 나라도 고르지 않았을 거야."

최종적으로는 시험 삼아 받아봤을지도 모른다. 하지만 분명히 우선도는 낮았겠지.

"뭐, 그럼 다음. 3페이지네."

■PAGE 3/3

【오의 일람】

데드 엔드(턴 오버⇒파이널 스트라이크⇒발도술 발동 가능)

3페이지는 현재 오의밖에 표시되는 게 없어서, 짧다.

그러나 그걸 본 아키라의 표정이 변했다.

역시 아키라도 여기까지 보면 대충 눈치를 채겠지.

"으으음?! 아! 그렇구나…… 이, 이건 왠지 수상한 마개조 냄새가 풀풀 나는데……."

"이거, 손님 안목이 높으시군요!"

"저기, 나중에 시험해보는 거 보여주……."

아키라가 도중에 뭔가를 깨닫고 내 후방을 가리켰다.

"어라? 저기, 렌. 저쪽에서 검은 비공정이 다가오는데, 저거 뭐야?"

"어? 으음, 본 적이 없는데."

이곳저곳이 꽤 낡은 느낌이 들었다.

신기루처럼 흔들리는 것 같기도 하다.

뭐랄까, 불길한 느낌. 그게 급속도로 이쪽으로 다가오고 있었다.

우리에 이어서, 선원 NPC도 접근하는 비공정을 깨달은 모양이었다.

"유, 유령선……! 유령선이다~! 그 소문은 사실이었구나……!"

유령선? 그런 게 있었나? 낮은 확률로 발생하는 레어 이벤트인가?

"안 됩니다, 손님! 어서 선내로 피난해주세요!"

선원이 필사적으로 등을 떠밀어서 우리는 갑판에서 선내로 이동했다.

상대가 NPC라고는 해도 이렇게 필사적인 모습을 보면 순순히 따르게 된다.

하지만 반대로, 신나게 선내에서 뛰쳐나가려 하는 녀석들도 있었다.

우리 말고도 있던 플레이어 승객이었다.

여섯 명이서 파티를 짜고 있는 모양이며 레벨은 18~20 정도.

직업 구성은 중기사, 투사(워리어), 사냥꾼(헌터), 승려, 음유시인인가.

파티 리더의 증표인 별 인장 아이콘이 붙은 플레이어를 주목해봤다.

카타오카 신이치(1-B)
레벨 20　도적(로그)　파티 리더

모두 B반 학생 같다.

“좋았어. 왔다 왔어!”

“커다란 찬스야, 다른 파티가 없으니까!”

“진을 치고 있던 보람이 있네!”

그렇게 텐션을 올리면서 갑판에 나가려던 그들을 직무에 충실한 선원 NPC가 막았다.

“안 됩니다, 손님! 위험해요!”

“미안해! 비켜줘!”

억지로 떠밀어 버렸다. 그대로 카타오카 파티는 갑판으로 나갔다.

“뭐야 저거, 태도가 나쁘네. 괜찮으신가요?”

아키라가 선원을 일으켜 세웠다.

“아, 네…… 죄송합니다. 그리고 감사합니다.”

“무슨 일이 벌어진 거지? 비공정은 몇 번 타봤지만, 이런 건 처음이야.”

나는 선실 창문에서 갑판의 모습을 바라봤다.

“으~음, 공략본에도 전혀 적혀있지 않은 것 같아.”

“뭐, 가이드북이라고 할 정도니까, 공략본으로서는 입문편이겠지.”

“그럼 왜 저 사람들은 이걸 아는 느낌이었던 거야? 처음 보면 깜짝 놀라잖아? 그런 느낌은 아니었는데.”

“맞아. 노리고 있던 느낌이었어. 전에 우연히 마주친 적이 있었던 걸까?”

그건 물어보지 않으면 모르겠지만.

“우리가 싸우더라도, 아마 도움은 되지 않겠지?”

“뭐, 레벨 4와 1이니까.”

“그럼 여기서 안전하게 스크린샷이나 찍을래. 좀처럼 볼 수 없을 것 같으니까.”

아키라는 관전 모드로 들어갈 생각인 것 같다.

요격에 나선 B반 파티는 음유시인과 승려의 강화마법이나 주가를 받아서 전투 준비를 갖췄다.

파티 멤버의 스테이터스 아이콘란에 양성 스테이터스 아이콘이 추가되었다.

"아군의 강화가 가능한 건 좋네. 문장술사는 적의 약체화뿐이니까."

"강화 쪽이 효율을 체감하기 쉬우니까. 다들 고마워하잖아."

"그렇지. 게다가 문장술사의 서클은 설치형식이니까, 적이 이동하면 무의미해지거든. 그 대신 밟기만 하면 저항할 수 없지만."

저항이라는 건『○○은 수면 주문을 외웠다. 하지만 통하지 않았다!』라는 현상을 가리킨다. 적의 내성이 높으면 그런 일이 일어나기 쉬워진다.

"그럼 어그로 관리가 중요해지겠네."

"그래. 탱커가 확실히 이목을 끌어주면 적도 움직이지 않을 테니까."

어그로— 즉, 적의 적개심이다.

적 몬스터는 보통 가장 높은 어그로를 가진 플레이어를 노리고 공격한다.

어그로는 몬스터에게 대미지를 주거나 아군을 회복시키는 등의 적대 행동을 취하는 것으로 늘어나고, 반대로 그 적에게서 대미지를 받거나 시간이 지날수록 점차 줄어든다.

그러므로 탱커가 메인 타깃 상태를 유지하려면, 적의 공격을 맞아 어그로가 줄어들면서도 다른 파티 멤버들보다 많은 어그로를 가진 상태를 유지하지 않으면 안 된다.

탱커는 어그로를 쌓는 수단을 각각 가지고 있어 그걸 활용하게 된다.

그게 잘 먹힌다면 몬스터는 탱커에게 달라붙는다.

그러면 문장술사는 그 발밑에 서클을 전개해서 약체화시킬 수 있다.

"하지만, 대인전이라면 보고 바로 피해버리잖아."

"그래. 그게 문제란 말이지. 이 게임은 대인전도 있으니까."

아키라의 말대로, 대인전에서는 서클을 본 상대가 그 위에 올라가지만 않으면 된다. 그래서 문장술사는 대인전에서는 더더욱 쓸모없는 취급을 받는다.

"으~음, 뭐랄까, 부족한 느낌……."

"효과 범위를 한껏 늘려서 피하지 못하게 만드는 수단도 있지만, 범위가 넓으면 넓을수록 MP 소비도 커지니까."

광범위 서클을 마법으로 설치하면, MP가 풀로 차 있어도 단숨에 텅 비어버린다.

그 정도로 범위 확장은 MP 소비가 심하다.

"『턴 오버』가 있으니까 MP의 지구력은 나쁘지 않아 보이네."

『턴 오버』는 재사용 대기시간 5분으로 HP와 MP를 바꿀 수 있는 문장술사 전용 스킬이다.

MP가 비어도 HP가 남아있으면 MP를 보충할 수 있다.

아키라의 말대로 MP 유지를 좋게 해준다. 이건 좋은 스킬이라고 생각한다.

"마도사나 승려도 MP 보충 스킬을 갖고 있긴 하지만. 그 쪽은 HP과 바꾸지 않는 순수한 MP 회복이고, 음유시인의 주가는 애초에 MP 소비를 하지 않으니까."

"거기서도 열화구나……. 노답스의 리더는 폼이 아니라는 느낌이네."

그렇게 말하는 사이에 비공정이 크게 흔들렸다.

바라보니, 유령선에서 발사된 앵커가 이쪽 선체에 걸려있었다.

그리고 그 앵커를 타고 적이 우르르 넘어왔다.

다들 무장한 인간형이다.

붉은 눈 말고는 달걀귀신이고, 시커먼 피부의 이형.

스펙터라는 언데드 몬스터 종족이다.

레벨은 전부 16이었다. 숫자는 10마리 정도. 이건 우리로는 힘들어 보인다.

대기하던 B반 파티와 스펙터의 교전이 시작됐다.

"발 묶기 부탁해!"

"그래!"

우선 음유시인이 앞으로 나와 『망자의 레퀴엠』이라는 주가를 발동했다.

그 효과 범위에 말려든 스펙터들이 일제히 멈춰서 움직이지 못하게 되었다.

대(對) 언데드 특화의 수면효과다.

편리하네, 나도 저런 거 갖고 싶은데…….

돌입한 스펙터 대부분이 잠에 빠졌다. 그러나 몇 마리는 벗어났다.

그들이 시인에게 다가가려고 했다.

"자, 이리 와!"

탱커인 중기사가 범위계로 어그로를 획득하는 광역 도발(타운트) 스킬『이름 외치기』를 실행.

스펙터들은 중기사에게 창끝을 돌렸다. 적의 주의를 잘 끌어들였다.

세 마리가 일제히 두들겼지만 전신 갑옷으로 방어를 굳히고 있어서 꿈쩍도 하지 않는다.

그 틈에 투사, 사냥꾼, 도적— 딜러 세 명이 한 마리씩 집중공격해서 격파했다. 시인의 강화용 주가가 통하고 있어서 격파가 빠르다.

승려는 후방으로 물러나서 중기사나 피탄을 당한 딜러를 적절하게 회복한다.

그러나 가드를 굳힌 중기사는 물리 공격에 무척 강하다.

대미지를 별로 받지 않아서 힐러는 약간 한가해 보였다.

세 마리를 다 처리했을 즈음, 잠들어있던 다른 스펙터가 눈을 뜨기 시작했다.

그러나 그 무렵,『망자의 레퀴엠』의 재사용 대기시간도 지났다.

다시 한 번 『망자의 레퀴엠』이 발동.

거기서 빠져나온 적도 중기사가 도발로 어그로를 끌어 주의를 돌렸다.

그리고 딜러가 각개격파. 이하 루프가 될 것 같은 전개였다. 잘 돌아가고 있다.

"꽤나 쾌적하다는 느낌이네."

아키라가 완전히 관객 같은 코멘트를 했다.

"그러게."

음유시인의 범위 수면이 크게 작용했다. 저걸로 대부분 발을 묶을 수 있으니까 편하게 하고 있다.

또한 아군 강화도 하고 있다. 수수하지만 있는 것과 없는 건 크게 다르다. 그것이 바로 지원가— 버퍼이다.

B반 파티는 딱히 위기다운 위기 없이 스펙터 부대를 모두 쓰러뜨렸다.

그러자 조금 숫자가 늘어난 구성으로 다시 한 번 적습이 있었지만, 그것도 잘 처리했다.

또다시 스펙터 부대가 올까 했는데 이번에는 상황이 좀 달랐다.

나타난 건 한 마리뿐.

그러나 지금까지의 스펙터와 비교하면 명백하게 두 배 정도 몸집이 컸다.

차림새도 호화롭고, 해적선 선장 같은 분위기다.
머리 위에 떠오른 이름을 보자 『유령선장 기르기아』라고 표시되어 있었다.
레벨은 27. 왕관 아이콘이 달린 레어 몬스터였다.
이른바 보스 같은 존재라는 뜻이다.
스카이 블루의 투명한 보석 같은 아름다운 검을 가졌다.
"와오, 왠지 강해 보이는 게 나왔어! 스크린샷 스크린샷!"
아키라가 보스의 등장에 기뻐하며 카메라로 마구 찍었다.
그보다 이거 괜찮은가? 이러다 저 B반 파티가 당한다면 우리까지 저 녀석에게 쓰러질 텐데.
뭐, 전투불능이 되더라도 사망 페널티는 경험치가 조금 깎이는 것 정도지만.
B반 파티는 기르기아가 다가오는 사이에 강화를 다시 걸며 준비 만전으로 맞설 태세를 갖추고 있었다.
중기사가 앞으로 나와서 『이름 외치기』로 주의를 끌려고 했다.
그것은 확실히 성공했다. 그러나 어째서인지 기르기아는 그곳에서 발을 멈췄다.
그리고 그 자리에서 스카이 블루의 검을 휘둘렀다.
당연히 거리가 조금 멀기에 바닥을 때렸다.
응? 조금 의아했지만 바로 이유를 알게 되었다.
칼끝에서 맹렬한 충격파가 발생해서 중기사를 향해 날아

간 것이다.

예상하지 못했던 중기사는 피하지도 못하고 방어태세를 취했다.

막아내긴 했지만 그 상태에서 꽤 많은 대미지를 입었다.

로그 창을 활성화시켜 확인하자, 137 대미지다.

대략 HP의 3할 정도를 날려버린 거다. 일격에 저 정도면 꽤 무겁다.

저 충격파는 마법 속성인가?

중기사는 물리 공격 내성은 월등한 반면, 마법 내성은 평균 정도다.

잠시 뒤 다시 한 번 충격파. 이번에는 예측하고 있었는지 회피에 성공했다.

그 틈을 타서 딜러들이 접근해서 근접공격을 걸었다.

파티 리더인 도적 카타오카와 투사가 좌우에서 보스를 둘러싸고 공격 개시.

사냥꾼도 떨어진 곳에서 활을 쐈다.

딜러들의 일반공격은 대략 한 번당 10~20 대미지 정도.

아츠 한 방의 대미지는 50 전후 정도.

역시 보스라서 튼튼하네. 그럭저럭 회피도 발동하고 있다.

이건 AGI가 높으면 발동하는 자동효과다.

탱커인 중기사가 충격파에 맞지 않도록 피하면서 거리를 좁혔다.

보스도 충격파를 쓰는 원거리 공격을 멈추고 탱커에게 직접 공격을 가했다.

탱커의 피격 대미지는 커서, 보스의 아츠를 맞자 HP가 25퍼센트 이하의 레드 존까지 내려가 버렸다.

그것을 승려의 회복마법이 채워줘서 어떻게든 전황을 유지하고 있었다.

피격 대미지가 크다, 즉 어그로가 많이 빠져나간다는 뜻이므로 보스의 목표가 다른 대상으로 바뀔 것 같았다.

그러나 리더 카타오카가 도적의 스킬 『스케이프 고트』를 구사해서 중기사의 어그로 유지를 잘 서포트해주고 있었다.

이건 30초간 아군 플레이어의 그늘로 들어가 적을 공격하면 그 대미지 어그로를 전부 그 아군 플레이어가 가져간다는 효과다. 게다가 공격에 대미지 보너스까지 붙는다.

『스케이프 고트』의 효과 시간 중에 아츠 발동을 겹쳐서 타깃의 안정과 대미지 벌이를 양립시키고 있다. 보스의 남은 HP는 7할 정도. 이대로 깎을 수 있을까―?

한동안 그대로 유지해서, 나머지 5할―.

그때, 보스가 새로운 아츠를 구사했다. 로그에는 『크레센트 슬래시』라고 나왔다.

초승달 이펙트를 동반한 전방 범위 공격이었다.

메인 타깃이 되는건 변함없이 중기사가 유지하고 있었지만, 운 나쁘게도 『스케이프 고트』의 효과 시간 중이었던 도

적이 그 뒤에 서 있었다.

함께 말려들어서 중기사의 HP는 레드 존.

리더는 전투 불능이 되어 그 자리에서 쓰러졌다.

"앗! 말려들었다!"

"아차. 이거 뼈아픈데."

도적의 『스케이프 고트』 서포트가 사라졌다.

탱커가 어그로를 유지하기 어려워질 것 같았다.

내 염려는 맞아떨어졌다.

승려의 회복마법에 따른 힐 어그로가 탱커를 웃돈 것이다.

그렇게 되자 보스가 승려 쪽으로 달려갔다.

그걸 막지 못한 채, 승려가 보스의 검 앞에 쓰러지고 말았다.

메인 힐러가 사라졌다. 솔직히 이제 힘들다.

나머지는 한 명씩 각개격파당할 뿐— 결국 B반 파티는 전멸하고 말았다.

보스의 아츠에 도적이 말려들어서 쓰러진 것이 터닝 포인트였다.

그게 없었다면 무너지지 않았을지도…….

운이 나쁘다고나 할까, 안의 사람이 능숙하다고나 할까. 절묘한 타이밍이었다.

"아까웠네. 기왕이면 쓰러뜨리는 걸 보고 싶었는데……."

아키라가 아쉬워했다.

"그보다 이거, 이제는 어떻게 되는 거지? 남은 생존자도 전부 얻어맞아야 하나?"

"아! 이쪽으로 오고 있어, 오고 있다고—!"

"우왓! 진짜냐!"

B반 파티를 격파한 유령선장 기르기아가 우리가 있는 선내로 다가왔다.

"조, 좀 더 안으로 피난을—!"

선원 NPC가 그렇게 말했다. 우리는 그걸 따라가려 했지만—.

보스의 모습이 스윽 사라지더니 이쪽 바로 근처로 워프해서 출현했다.

"왜, 왠지 도망칠 수 없을 것 같은데—! 좋아, 이렇게 되면!"

아키라는 표정을 확 굳히고는 카메라를 꼬옥 쥐었다.

"당하기 전에 바짝 접근해서, 박력 넘치는 스크린샷을 찍겠어!"

"이것 참…… 변함없이 스샷충이네."

"난 1밀리미터도 경험치 벌지 않았으니까 사망 페널티를 당해도 아프지 않은걸. 렌은 도망쳐도 되거든? 일단 내가 미끼가 되어줄게. 바로 당하겠지만."

"아니, 잠깐. 여기선 나도 잠시 시험해보고 싶은 게 있어."

"오? 뭔데뭔데? 아까 그 오의?"

"응. 뭐, 모처럼 이렇게 됐으니 보고 싶잖아? 마개조의 성과."

"응응! 좋~았어. 확실하게 찍어줄게!"

나는 아키라 앞으로 두세 걸음 나와 기르기아와 대치했다.

우선 바로 『디바이트 서클』을 영창했다.

내 발밑에 꽤나 커다란 문장으로 된 원진이 만들어졌다. 보스 발밑에도 걸렸다.

효과시간은 1분. 발을 들이민 적의 VIT가 내려가는 효과다.

범위는 한껏 넓혔으니 단숨에 내 MP가 1이 되었다.

지금은 솔직히 서클 자체에는 의미가 없지만, 이 사전 작업은 절대 필수다.

그리고, 겉보기에는 목제 지팡이로밖에 보이지 않는 무기를, 칼을 뽑기 직전처럼 들고 자세를 잡았다. 내 무기는 암기인 『지팡이칼』.

『오크 스태프』안에 『브론즈 소드』를 넣어놨다.

지팡이의 톱 부분을 빙글 돌릴 수 있게 되어있고, 돌리면 검이 나오는 구조다.

빙글 돌려서 준비 완료. 상대의 접근을 기다렸다.

얼마 되지 않는 거리를 기르기아가 천천히 걸어서 다가왔다.

이번에는 스카이 블루의 검으로 충격파를 날리지 않았다. 얕보고 있는 건가?

뭐, 당연하다면 당연하겠지만, 그런 얕보는 알고리즘이 있는 건가? 세밀하게 만들었네.

그래도 지금의 내게는 럭키다. 덕분에 안전하게 서클 영창을 할 수 있었다.

기르기아의 HP 바는 B반 파티와의 전투로 줄어든 그대로다.

나머지 5할 정도. 조금 전 전투 로그를 거슬러 올라가서 얼추 총 대미지량을 계산해보니, 대략 1000 전후였다.

1000으로 HP 바를 5할 깎았으니까, 나머지도 1000 정도일 거다.

이 레벨의 보스계 몬스터 치고는 낮은 편이다. 그만큼 방어력이 높겠지.

이 견해가 잘못되지 않았다면— 아마 나는, 이 녀석을 쓰러뜨릴 수 있다!

"좋~았어, 한 방 먹여줄까! 오의!"

목소리에 응해서 내 몸이 엷은 빛에 감싸였다. 부우웅 하고 낮게 울리는 효과음도 나왔다.

기르기아는 내 눈앞까지 다가와서 무기를 들었다. 이쪽의 오의도 사정권 안.

자, 문장술사의 자기류 마개조의 결과, 여기서 보여주마!

"『데드 엔드』으으으—!"

『지팡이칼』에서 뽑혀 나온 도신은 약간 사악해 보이는 자암(紫暗)색 계열의 눈부신 빛을 두르고 있었다.

그 빛나는 일섬(一閃)은 이상할 정도로 커다란 울음소리를 내며 기르기아를 덮쳤다.

상대도 나를 쓰러뜨리기 위해 검을 들었지만, 이쪽이 더 빨랐다.

내가 쏜 오의는 그대로 기르기아에게 작렬했다.

절반 정도였던 HP 바가 단숨에 쭈우욱 깎였다.

들어갔다—! 대미지는?!

나는 기르기아를 주시했다. 검을 들어 올린 자세로, 멈춰 있었다.

쓰러져라쓰러져라쓰러져라쓰러져라! 이쪽은 이제 손쓸 수단이 없다고!

내 염원이 통했는지—.

기르기아는 한 박자 늦게 천천히, 뒤로 쓰러졌다.

로그 윈도우에 시선을 돌렸다. 이 두 줄이 보였다.

렌의 데드 엔드가 발동. 유령선장 기르기아에게 1123의 대미지!

렌은 유령선장 기르기아를 쓰러뜨렸다.

오오오오오오! 됐어, 됐다고!

이거 꽤 굉장한데! 레벨 4인데 레벨 27의 보스를 격파한 거잖아?!

이건 내가 무척이나 좋아하는 자이언트 킬링 같은 무언가 아닐까요!

"뭐어어어어?! 거짓말! 이런 대미지가 나온다고?!"

아키라는 놀라서 눈을 동그랗게 떴다.

"좋았어어어어어어어! 보았느냐, 이 무식한 화력!"

텐션이 올라간 나는 승리의 포즈&혼신의 뽐내는 표정을 지었다.

동시에 오의를 쓴 『지팡이칼』은 산산이 부서져서 소멸했다.

오의에 들어간 스킬, 『파이널 스트라이크』의 부작용이다.

쏘는 일격을 강화하는 대신, 반드시 무기가 부서져서 사라진다.

"크크크크……! 이거 시작됐구나, 문장술사! 잘리기 직전의 육성선수가 기사회생의 마개조로 각성해서 일류 플레이어가 되는 흐름이구나!"

그런 가운데 갑자기 울려 퍼지는 팡파르. 레벨 업 소리였다.

게다가 연속으로. 나는 레벨이 낮았고, 레어 몬스터는 보너스 경험치도 있다.

그치지 않는 팡파르는 나만 울리는 게 아니었다.

당연히 파티를 맺고 있던 아키라에게도 경험치가 들어가서—.

두 사람 모두 레벨 업 소리를 계속 울리게 되었다.

"우와앗?! 레벨 엄청 올라갔어!"

최종적으로 나는 아홉 번, 아키라는 10번의 팡파르가 울리게 되었다.

단숨에 레벨 13과 11이 된 거다.

"이거 어때? 좋은 느낌으로 마개조가 됐지?!"

"굉~장해! 영문 모를 대미지가 나왔네! 무슨 치트 아닌가 싶을 정도로!"

아키라가 존경의 눈빛을 보냈다.

"HP를 줄이기만 하면, 암기 아츠는 강하니까."

오의를 쓴 뒤의 내 HP는 1이 되어서 빈사상태였다.

오의 전에 마법을 써서 MP를 텅 비웠었는데, 그게 오의에 들어간 『턴 오버』로 반전되어 결과적으로 HP 1이 되었다.

"그렇구나~! 『턴 오버』를 MP 회복이 아니라 HP를 줄이는 목적으로 써버린 거네! 열화 MP 회복 스킬이 아니라 유일한 HP 조절 스킬인 거구나."

"맞아. 그리고, HP 1에서 암기 아츠인 『발도술』로 이어지니까 대미지가 최대가 돼. 게다가 방어력 무시에다 회피 불가니까, 상대의 방어력, 회피율은 상관없어."

시험 삼아 쏴봤을 때와 기르기아에게 준 대미지는 거의 동일했다.

그게 완전히 같을지 아닐지는 조금 불안했었다.

왜냐하면 아일랜드 버니 사부님 말고 다른 녀석에게 써본 건 처음이었으니까.

"게다가 『턴 오버』와 『발도술』사이에 『파이널 스트라이크』를 넣으면 대미지가 미터기를 부숴버릴 기세로 폭등해버린다 이거지. 『지팡이칼』도 부서지긴 하지만."

"응응! 확실히 여러 의미로 부서졌네!"

"문장술사는 단숨에 MP를 비울 수 있는 마법과, HP와

MP를 교환하는『턴 오버』가 있으니까 간단하게 HP를 1로 만들 수 있어. 암기 아츠와 상성이 발군이지."

다른 직업에게는 개그겠지만, 문장술사에게는 신기다.

문장술사도 암기도 저평가니까, 이 조합을 일부러 시험해 보는 녀석은 없었겠지.

처음부터 별로라는 사전 정보를 들으면 그런 선입관을 가지는 거다.

공략본도 좋은 일만 하지는 않는다는 뜻이다.

"굉장해 굉장해! 이건 좋은 마개조네!"

"뭐, 쓴 뒤에는 보시는 대로지만. HP는 1이지, 무기는 부서져서 사라졌지. 한 방에 처치하지 못하면 거의 죽는다는 사나이의 오의입니다."

"완전 자폭 특공이네. 카미카제 어택 같은?"

"그래도 한번 빠지면 단순하게 기분이 좋아. 일격 초특화. 폭딜은 정의!"

난 이 게임에서는 이 방향성으로 가려고 합니다!

문장술사는 그저 미묘한 지원 직업이 아니다.

일격 폭딜에 특화된 딜러이다.

또한 원래의 지원능력을 봉인한 것도 아니다.

그러니 멀티 롤. 이도류네.

"대미지밖에 보지 않는 무식한 느낌이 실로 마개조 같아서 로망이 있네. 일격필살의 로망포야, 로망포!"

그렇게 좋아하던 우리는 문득 어떤 사실을 깨달았다.
로그 윈도우 끄트머리에서 전리품 아이콘이 점멸하고 있었다.

"오? 아키라, 전리품이 나온 것 같은데. 보스가 뭔가 떨군 것 같아."

"어, 그래? 이 아이콘이구나. 뭘 떨궜을까? 보자."

우리는 전리품 리스트를 골라서 열었다. 내용은 이랬다.

스카이 폴 (O)

종류 : 한손검　장비 가능 레벨 : 10

공격력 : 20　획득 AP : 12

가드 성능 : 44　가드 브레이크 성능 : 51

특수성능 : HP 100%일 때, 검이 충격파를 발한다.

뮬그레의 비약 (O)×2

종류 : 소비 아이템

캐릭터의 모든 스킬 재사용 대기시간을 리셋하고,
사용 가능하게 한다.

한손검 『스카이 폴』이라니, 이거 보스가 갖고 있던 그건가?

그리고 『뮬그레의 비약』이 두 개. 이건 꽤 좋은 효과의 약인데.

"오오! 저기저기, 이거 보스가 갖고 있던 예쁜 검 아냐?"

"그럴걸. 장비 레벨에 비해 공격력이 높고, 재미있어 보이는 효과도 있어. 괜찮아 보이네!"

그 기르기아가 검에서 뭔가를 쐈던 건 무기 성능이었던 것 같다.

조건이 HP 100퍼센트일 때의 충격파라서 처음밖에 쏘지 못했지만.

나와 싸울 때도 쏘지 않았었다. 과연, 납득 납득.

"아키라가 써. 소드 댄서가 장비할 수 있는 것 같아."

"어? 괜찮아? 난 스크린샷 찍었을 뿐인데?"

"나는 장비 못하니까. 가능하다고 해도 오의로 부서지고. 아키라가 강해지면 나도 도움이 될 테니 가져가. 『뮬그레의 비약』 쪽은 하나씩 나눠서 가지자."

"응! 그럼 사양 않고 쓸게!"

전리품 분배를 마치자 아키라는 곧장 『스카이 폴』을 장비해서 보여줬다.

그녀의 손에 스카이 블루의 투명한 칼날을 가진 검이 나타났다.

"어때어때?"

"이렇게 가까이서 보니 역시 예쁜 검이네. 꾸미는 장비로도 인기가 많을 것 같은 느낌인걸."

"응응! 좋네~. 마음에 들었어! 고마워 렌!"

"아냐아냐."

"좋았어, 그럼 빨리 시험해보러 가자, 시험해보러!"

기다리지 못하고 두근두근 보채는 아이 같았다.

마침 그때, 선내에서도 이제 곧 도착한다는 안내음성이 나왔다.

산을 슬라이스로 잘라 각 층을 띄워서 쌓아둔 것 같은 형태의 트리니스티 섬이 시야에 들어왔다. 오늘부터 단숨에 공략이다. 기합을 넣고 가자.

"자, 예상 밖이었지만 레벨도 올랐고, 단번에 위층까지 가 보기로 할까!"

"오~! 마에다네를 도와줘야지! 노리자, 미션 우승!"

트리니스티 섬에 도착한 우리는 바로 공략에 들어갔다.

이미 레벨 13과 11이니까 1층은 낙승이다.

게이트를 개통하고 나서, 상층에 가기 위한 퀘스트를 바로 진행했다.

도중에 아키라는 자기가 얻은 『스카이 폴』의 시험을 해보자며 의미도 없이 아일랜드 버니 사부님에게 검의 충격파를 퍼부으며 좋아하고 있었다.

그리고, 퀘스트 공략이 끝나면 보스전.

10층 구조의 각 계층은 위층으로 이어지는 통로가 있다.

그리고 그곳은 왕관 아이콘을 가진 플로어 보스가 빠짐없이 지키고 있다.

그러나 레벨도 올랐고, 1층이라 보스도 약했기에 여유로웠다.

단숨에 2층을 뚫고 3층에 도착한 즈음에서 이날의 제한 시간을 맞이했다.

좀 더 하고 싶었지만, 밤에는 열 시가 되면 강제종료다.

그리고 아침 여섯 시까지는 로그인할 수 없다. 교육적인 배려라는 녀석이다.

역시 이런 면은 학교의 온라인 게임이라는 느낌이 든다.

“그럼, 바이바~이. 잘 자, 렌.”

“그래, 잘 자. 내일 또 보자.”

아키라는 귀엽게 웃으며 손을 흔들고는 로그아웃했다.

이거, 새삼 드는 생각이지만 저렇게 귀여운 애가 내 친구 아키라였을 줄이야…….

세상은 뭐가 일어날지 모른다. 정말로 오늘은 깜짝 놀랐다.

뭐, 기쁜 해프닝이어서 나로서는 전혀 상관없지만!

내 평소 소행이 좋았던 포상이라고 생각하자.

제 3 장 첫 듀얼

그로부터 사흘 후 아침—.

나는 UW에 로그인해서 학원 교실에 돌아가 하품을 참으며 자리에 앉았다.

이미 아키라는 내 옆자리에 앉아있었다.

"좋은 아침~. 잠꾸러기 씨~?"

웃는 얼굴 속에 약간의 분노.

어젯밤에는 가장 빠른 시간인 아침 여섯 시에 재개해서 수업 시작 전까지 공략을 진행하자, 아침 훈련이다! 라고 아키라와 약속한 뒤에 헤어졌었다.

그리고, 내가 일어나지 못했다. 손을 맞대고 사과할 수밖에 없다.

"미, 미안. 일어나질 못해서……."

"약속해놓고선~. 뭐, 나는 한 달 지각했으니까 그리 화낼 수는 없지만. 그래도 다음에 또 이러면 벌칙 게임이거든?"

"네, 넵……."

어떤 벌칙 게임이 기다리고 있을까?

그런 생각을 하고 있는데, 야노가 놀라며 이쪽으로 다가왔다.

"오오오오! 타카시로 대체 어떻게 된 거야?!"

"우왓? 뭐가?"

나와 아키라가 얼굴을 마주 봤다.

"레벨! 고작 사흘 만에 엄청 올라갔잖아?!"

"아아—."

나는 14고 아키라는 13이다.

요 이틀간 섬을 공략하는 사이에 또 올랐다.

왕관 달린 보스계 몬스터는 고정 경험치가 있으니까 짭짤하거든.

이 게임의 기본적인 경험치 입수 방법은 두 종류 있다.

먼저 적과 파티 내 플레이어의 최대 레벨과의 차이로 계산되는 평범한 경험치.

한 마리당 상한은 있지만, 기본 레벨차가 높으면 높을수록 점수가 높다.

일반적인 레벨 업 상대인 잡몹들은 이것뿐이다.

파티를 짜든 솔로로 하든 상한은 같으니까 짜는 편이 좋다.

두 번째로, 왕관 달린 레어 보스계 몬스터가 가진 고정 경험치.

이건 각 개체마다 점수가 정해져 있다.

격파할 때 그게 파티 인원수에 따라 두당으로 지급된다.

즉, 인원이 적을수록 짭짤하다.

비공정에서 격파했던 유령선장 기르기아는 이게 상당했다.

그리 간단히 만날 수 있는 몬스터가 아니고, 레어도도 고정 경험치에 맞게 높아 보였다.

그리고 각층 플로어 보스도 각각 고정 경험치를 가졌다.

보통은 열 명 전후로 쓰러뜨리는 상대를 둘이서 잡고 있었으니 레벨이 팍팍 올라간 것이다.

"무슨 일 있었어?"

"그게, 실은—."

내가 레벨 급상승의 흐름을 가볍게 설명하자 야노는 눈을 동그랗게 뜨며 놀랐다.

"헤에~! 비공정 습격 이벤트라니! 전혀 몰랐어!"

"야노도 몰랐어? B반 녀석들은 알았던 것 같은데."

"으~음, B반이니까~. 거긴 왠지 질 나쁜 곳이라고 다들 그러더라구."

"그래?"

"응응, 다른 반 파티에 MPK를 건다든가. 대항 미션이라 상대를 방해할 수도 있기는 하지만…… 뭐, 기분이 썩 좋지는 않은 느낌?"

"흐~응. 행실이 나쁜 녀석들이네."

MPK란 몬스터 플레이어 킬의 약자.

방식은 갖가지지만, 까놓고 말해서 다른 플레이어에게 몬스터를 떠넘겨서 죽인다는 뜻이다.

당하면 기분이 좋지 않다는 건, 확실히 야노의 말 그대로다.

플레이어를 직접 공격하는 PK는 일부 구역만으로 한정되어 있다.

반 대항 미션의 무대인 트리니스티 섬은 대상 외다.

"타카시로네가 잘못한 건 아니지만, 이상한 트집을 잡을 수 있으니까 조심할 것."

"그래. 알고 있어."

"그보다, B반 애들이 깎아놨다고는 해도, 레벨 4에 용케도 그걸 나중에 잡았네?"

"그건 뭐, 내가 일격 폭딜 특화니까."

"으잉? 무슨 소리?"

그것도 가볍게 설명했다.

"그걸로 그런 대미지가 나와?! 역시 망캐 마이스터는 장난 아니네!"

"훗…… 그래그래, 좀 더 칭찬하라고."

조금 우쭐대봤다.

"그래도 성공률은 절반 정도잖아. 실패할 때는 화제가 되지 않으니까 눈에 띄지 않지만."

아키라의 냉정한 태클.

"그래도 매번 하는 일이 재미있으니까, 어떤 게임을 같이 하더라도 질리진 않지만."

아키라는 그렇게 말하며 싱글벙글 웃었다. 그렇게 말해주면 기쁘지.

"아오야기랑 타카시로는, 줄곧 온라인 게임에서 친구였어?"
"응. 중1 때부터니까, 벌써 3년이지? 렌."
"그래. 생각해 보면 이것저것 있었지."
뭐, 가장 놀랐던 건 아키라가 여자아이였다는 사실이지만.
"게임에서 나를 본 적이 있었다면, 아키라도 보지 않았을까? 자주 같이 있던 우락부락한 수인 캐릭터를 플레이하던 사람이라고."
"아! 아~ 있을지도 있을지도! 헤에, 안의 사람 엄청 귀엽네!"
"나도 이 학교에 올 때까지는 몰랐으니까, 깜짝 놀랐다고."
"호호~오. 그럼그럼 혹시~. 여기서 둘이 사귀는 거야~?"
"하하하. 설마 그런—."
애초에 아키라가 여자아이라는 걸 알게 된 건 바로 최근이다. 그럴 리가 없지, 그럴 리가.
"그그그그, 그렇지—! 우리는 맑고 올바른 게임 친구고, 나, 남녀 사이라든가 치정이 얽힌 사이라든가, 그런 것하고는 상관없는 클린한…… 그러니까 그게……."
아키라는 푸슈욱 하는 증기가 뿜어져 나오는 느낌이었다.
그렇게 동요할 건 없는데. 놀리고 있을 뿐이니까.
"그런데 아오야기, 레어 무기 얻었다고 했지? 어떤 건지 잠깐 보여줄래?"
"어? 응. 알았어."
교복 차림의 여고생이 검을 드는 모습은 왠지 초현실적이다.

소드 댄서 장비는 부끄러우니까, 배틀 때 말고는 안 입어! 라고 한다.

"오오~! 무지 예쁜 검!"

다른 아이들도 주목해서 교실이 조금 소란스러워졌다.

이런 레어 무기를 결과적으로 첫날에 따내는 걸 보면, 역시 강운의 소유자다.

뭐, 이 UW에서는 나도 엄청 운이 좋았다고 생각한다.

고른 직업과 초기 탤런트의 조합이 근사했으니까.

그때 예비종이 울리며 담임인 나카타 선생님이 교실로 들어왔다.

"자~ 게임 바보들아. 좋은 아침~! 아니 우왓?! 『스카이폴』이잖아?! 용케 얻었네?!"

"선생님, 아시나요?"

"당연하지! 선생님은 여기 1기생이니까. 이거 상당히 레어거든. 유명해."

"얼마나 레어한데요?"

"응? 음…… 뭐, 그다지 힌트가 될 만한 건 말할 수 없지만. 몰래 사알~짝 가르쳐주자면 수천분의 1 정도일까?"

""""으에에엑, 낮아?!""""

반 전체에서 비명이 솟구쳤다.

"가끔 일어나는 이벤트에서 나오는 보스가 극히 드물게 떨어뜨리거든. 어떤 의미로는 전설급 아이템으로 변해버렸다니까. 검에서 충격파 같은 게 나와서 재미있고. 뭐, 아오야기. 모처럼 얻었으니까 소중하게 써줘. 역시 아이템과의 만남도 인연이니까."

"네~에."

"이것도 사실은 말하면 안 되는 거지만…… 그걸 베이스로 강화 합성을 하면 좀 더 고레벨 검으로 변하거든. 평생 쓸 수 있는 아이템이라고 생각해."

힌트가 줄줄 새어 나오네. 선생님도 사실은 말하고 싶어서 근질거렸던 거겠지.

1기생 선생님이 게임을 좋아하지 않을 리가 없다. 당연히 말하고 싶었을 거다.

"자자~. 그럼 출석 부른다~."

거기서부터 통상 영업으로 들어가서 HR.

딱히 아무 문제없이 평범하게 수업이 시작됐다.

오늘 1교시는 세계사였다. 그다지 특기는 아니지만, 힘내자.

담당 선생님이 와서 수업이 시작되자 교실 분위기가 바짝 긴장됐다.

한 마디의 사담도 없고, 쥐죽은 듯이 조용해졌다.

수업을 진행하는 선생님의 목소리만이 교실에 잘 울렸다.

모두 초집중하고 있다.

어째서인가? 당연히 시험 점수가 MEP가 되어 게임에 환원되기 때문이다.

다들 1포인트라도 많은 MEP를 원한다. 그러면 강해질 수 있으니까.

하지만 게임을 하는 시간은 줄이고 싶지 않다. 이 UW는 여러모로 공을 들인 것 같아 재미있으니까.

그럼 어떻게 할까?

해답. 수업에 초집중해서, 시험공부가 필요 없을 만큼 익혀둔다.

어차피 강제적으로 깎이는 시간이니까. 이런 코스트 퍼포먼스를 최대한으로 높이지 않으면 손해 보는 짓이다. 게임을 위해 최적화된 사고를 하면 이렇게 된다.

모두가 그렇게 생각한 결과가, 지금의 이 조용한 교실이다.

절묘하게 게이머 심리를 조종하는 학교다.

역시 게임 회사가 뒤에 있을 만하다.

이 학교에 가면 성적이 오른다는 소문도 조금 수긍할 수 있다.

선생님이 모르는 점이 있다면 질문을 하라고 재촉하자 손도 파파팍 올라갔다.

다들 진지하니까. 조용하게 덤덤히, 그러나 시리어스하게 오전 수업이 끝났다.

자, 지금부터 점심시간. 아무리 그래도 게임 속에서 점심을 먹을 수 있을 리는 없다.

다들 일단 로그아웃해서 각자 따로 먹게 된다.

"후우. 이 학교는 다들 수업에 진지하네."

아키라가 크게 한숨을 내쉬었다.

"MEP라는 당근이 있으니까. 낚이지 않을 수 없지."

"성적이 올라가지 않는다면, 게임 삼매경 학교에 보내줄 부모님이 있을 리가 없으니까."

"우리는 재미있는 게임을 할 수 있고. 부모님도 성적을 올릴 수 있고. 윈윈 관계인 거지."

"그러게. 자, 그럼 점심을 먹으러 가야겠네. 그럼, 나중에 봐."

"그래."

나도 로그아웃해서 현실의 내 방으로 돌아왔다. 자, 점심 점심.

◆◇◆

그로부터 오후 수업이 시작됐고, 그것도 끝난 방과 후.

자, 지금부터가 진짜다.

지금 공략 상황은 6층 보스전을 갈 수 있게 되었다.

오늘도 아키라와 2인 파티로 미리 개통해둔 게이트를 써서 트리니스티 섬 6층으로 단숨에 워프해 돌아왔다.

워프하자 그곳은 이미 6층에 있는 마을 안이었다.

"렌, 오늘은 어쩔래? 좀 더 위까지 가볼까?"

"그러게. 가볼 수 있을 만큼 가보자."

"그럼 기룡(騎龍)점으로 가야겠네."

"그래. 그러자."

도보 이동은 시간이 걸리므로, 기룡이라는 말을 대신하는 용을 빌리는 서비스가 세계 각지에 있다.

그걸로 단숨에 위쪽 통로를 지키는 보스가 있는 곳까지 갈 수 있다.

기룡에 타면 선공형 몬스터에게도 감지되지 않는다.

몬스터는 플레이어를 감지하면 덮치는 녀석과 오지 않는 녀석이 있다.

덮쳐오는 녀석이 선공형, 오지 않는 녀석이 비선공형.

선공형 적이 플레이어를 감지하는 방법은 몇 가지가 있다.

일반적으로 시야에 들어오면 덮쳐오는 시각 감지.

움직이는 발소리에 반응하는 청각 감지.

HP가 50퍼센트 이하의 옐로 존 플레이어에 반응하는 생명 감지.

나머지는 아츠나 스킬 사용에 반응하는 스킬 감지 등등 갖가지다.

아직 내가 모르는 감지방법이 있을지도 모른다.

기룡은 안전하고 빠르니까 바로 위로 가려면 쓰는 편이 좋다.

우리는 기룡점을 향해 가려고 했지만— 그 도중에, 누군가가 난폭하게 불러세웠다.

"야, 너희들!"

"응?"

얼마 전 비공정에서 비밀 이벤트를 하던 B반 파티였다.

시비조로 외친 목소리의 주인공은, 리더인 도적 카타오카 신이치다.

"무슨 용긴이라도?"

"무슨 용건이냐니! 저거야!"

그리고는 아직 교복 차림인 아키라가 허리에 차고 있는 『스카이 폴』을 가리켰다.

"잘도 우리의 전리품을 가로챘겠다!"

"가로채?"

"시치미 떼지 마! 우리가 쓰러진 뒤에 그 기르기아를 쓰러뜨렸잖아?! 거기 있는 『스카이 폴』이 두말할 것 없는 증거야!"

카타오카는 아키라에게 다가가려고 했지만, 내가 끼어들어서 그걸 막았다.

"가로채고 자시고. 우리는 공격을 당했으니까 싸웠을 뿐인데. 애초에 그쪽은 죽어서 귀환했잖아. 나중에 그런 소리를 해도 곤란한데."

"우리가 깎아놓지 않았으면, 너희도 쓰러뜨리지 못했을 텐데!"

"보지 못했잖아? 그쪽은 죽고 귀환해서 이제 없었을 거고. 뭐, 무슨 생각인지는 알겠지만. 나중에 이게 떨어졌다는 걸 알고 생트집을 잡으러 온 거겠지?"

이런 일로 불만을 늘어놓다니 부끄럽지도 않은 건가? 나라면 절대로 말하지 않는다.

하지만 『스카이 폴』은 무척 레어인 것 같으니, 자기들이 얻으러 가는 것보다는 빼앗는 편이 빠르다는 거겠지. 선생님도 수천분의 1의 확률이라고 했었으니까.

레어 아이템은 사람을 미치게 하는 걸까— 아니면 단순히 원래부터 질이 나빴던 걸까.

야노도 B반은 질 나쁜 녀석들이라고 그랬었지.

나로서는 아이템을 원한 나머지 조금 냉정함을 잃었을 뿐이라고 생각하고 싶다.

게임을 좋아하는 사람 중에 나쁜 녀석은 없다고 믿고 싶으니까.

"시끄러! 우리가 깎아놓은 걸 너희가 가로챈 건 사실이잖아!"

"그러니 그 아이템의 권리는 우리에게 있다, 내놔! 라는 거잖아? 그건 너무 일방적인 거 아니야? 우리가 이걸 얻은 건 사실인데?"

"……그럼 확실하게 흑백을 가려보자고."

"어떻게?"

"뻔한 거 아냐? 1대 1의 듀얼이야. 그게 가장 공평하고 개운하겠지."

명백하게 우리의 레벨이 낮다. 평범하게 생각하면 불공평하기 그지없는 일이다.

진심으로 한 말이라면 바보다.

알고서 한 말이라면 너무 뻔한 수작이라 역시 바보다.

으~음, 어떤 부류지, 고민되네…….

"……."

"오~오~ 무서워서 못하는 거냐? 입만 산 겁쟁이 녀석."

아아, 후자인가. 그렇다면 받아들여도 부자연스럽지 않은 그림이 되겠군.

"얕보지 마시지—. 나는 겁쟁이가 아냐! 어디 해보자고, 이 자식!"

이걸로 도발에 그만 넘어갔다는 연기는 잘 되지 않았을까?

진심으로 열 받은 게 아니라, 이건 어디까지나 전략적 포즈다.

"렌, 잠깐만 기다려. 진정해! 싸움은 그만두자? GM(게임 마스터)을 불러서 중재해달라고 하면—."

하지만 아키라가 진심으로 걱정하는 것 같아서 조금 미안했다.

나는 카타오카에게 들리지 않도록 아키라에게 살짝 귓속말을 했다.

"괜찮아, 나는 냉정하다고? 명백하게 레벨차가 있는 듀얼을 가볍게 받아들이면 수상쩍을 테니까. 쓸데없이 경계하지 않도록 하고 있을 뿐이야. 뭐, 보고만 있으라고. 가뿐하게 이겨줄게."

"아, 그렇구나……. 책사네. 응, 그럼 보고 있을게."

납득을 받았으니 다시 열 받은 척을 이어갔다.

"이런 말을 들었는데 참을 수야 없지! 해치워줄 테니까 보고만 있어!"

"좋아, 그럼 나와 너의 1대 1이다. 내가 이기면 『스카이 폴』을 내놔."

"그럼 내가 이기면, 네 소지금을 전부 내놓으시지! 네가 걸어온 승부야, 리스크는 받아줘야겠어!"

어차피 이기겠지만 이런 녀석에게는 조금 뜨거운 맛을 보여줘야 하니까!

일격필살로 압승해서, 앞으로 우리에게 얼씬도 못하게 만들어 주마!

"그래, 물론 좋지."

"그 조건— 합의한 걸로 봐도 되겠지?!"

우리 앞에 갑자기 낯익은 사람의 모습이 끼어들었다.

"우왓?! 나카타 선생님?!"

"안뇽안뇽. 얏호~ 선생님들은 방과 후에는 교대로 GM을 하고 있단다~."

"헤, 헤에— 큰일이네요."

"뭐, 잔업수당은 제대로 나오고, 이건 이것대로 즐겁긴 하지만. 그런고로 학생간 듀얼의 참관인을 하겠습니다~. 이 싸움 뒤에 약속이 제대로 지켜지는지 추적감시도 하니까.

깨버리면 GM 권한으로 벌칙입니다~."

변함없이 솜사탕처럼 가벼~운 분위기의 선생님이다.

그러나 GM이 약속 보증을 해준다면 고마운 일이다.

"알겠습니다. 그럼 부탁드려요."

"좋~아, 바로 시작하자고."

나와 카타오카는 거리를 벌리고 마주 봤다.

장소가 마을 안이라서 우수한 마을사람 NPC들은 구경꾼으로 모여들어서 분위기를 흥겹게 만들어줬다.

상대는 단검을, 나는 겉으로는 평범한 지팡이 상태인 『지팡이칼』을 각각 들었다.

"자, 그럼— 듀얼 스타트!"

선생님이 신호를 줬다.

"노답스 주제에, 제대로 된 딜러에게 이길 수 있겠냐! 바~보!"

카타오카가 자신만만하게 돌진했다.

나는 내 발밑에 문장마술『디스트라 서클』을 전개했다.

레벨 11에 익힐 수 있는 새로운 마법으로, 범위 안에 있는 적의 STR을 내린다.

이것의 효과 범위를 MAX로 써서 단숨에 MP를 비웠다.

그리고 돌진해온 카타오카의 공격을『지팡이칼』로 가드했다.

가드는 했지만 11의 대미지. 제대로 얻어맞는 것보다는 낫다.

이 가드한 상태에서 대미지가 들어오는 현상을 가드 대미지라고 부른다.

단적으로 말해서, 상대의 공격 성능이 이쪽의 가드 성능을 웃돌면 일어난다.

나는 이어지는 카타오카의 2격, 3격도 가드해서 넘어갔다.

역시 가드 대미지를 입었다. 하지만 무시. 아직 오의는 쓰지 않는다.

내 오의는 일격필살. 맞히면 이긴다. 맞히지 못하면 진다.

그러니 확실히 맞힐 수 있는 순간에 노리지 않으면 안 된다.

4연격도 올까—?

나는 그걸 기다리고 있었다.

왜냐하면 이 게임의 공격 모션은 거의 무기 계통에 따라 정해져 있기 때문이다.

반자동(세미 오토) 모션이라는 시스템으로, 현실의 무기를 다루지 못하더라도 다이내믹한 공격 모션이 나오게 되어있다.

그렇게 하지 않으면 운동이 서툰 사람은 즐길 수 없기 때문이다.

그러나 그건 뒤집어서 생각하면, 상대가 다음에 펼칠 동작을 간단히 예측할 수 있다는 뜻이다.

단검의 공격 모션 네 번째. 이건 점프하면서 올려 베는 것이라 빈틈이 크다.

나는 그걸 사전에 파악해두고 있었다.

“자아자아 가드 위에서 깎고 있다고?! 반격해 보시지!”

여유로운 카타오카는 나를 도발하면서 4격을 펼쳤다.

점프하면서 올려 베기. 나는 그것도 가드했다.

모션은 알고 있으니 가드는 간단하다.

그리고, 공격 모션 뒤의 상대는 공중에 있다.

어차피 지팡이 공격은 아프지 않다며 여유롭게 빈틈을 보이는 중이다.

“그럼 기꺼이 받아들여서. 오의『데드 엔드』.”

좌아아아아아아악!

“엥? 으아아아아아아아아악?!”

보라색의 흉악한 빛에 감싸인 일섬이 카타오카를 가르며 크게 날려버렸다.

공중에서 느닷없이 옆으로 날아가는 모습은 꽤나 초현실적이었다.

근처 건물 3층 벽에 부딪히며 바운드. 바닥에 떨어져서 그대로 경련했다.

일격으로 카타오카의 HP 바는 풀에서 제로가 되었고, 듀얼의 결판이 났다.

듀얼 종료! 렌의 승리입니다! 렌의 통산 전적은 1승 0패입니다.

로그도 그렇게 선언했다.

듀얼 모드가 종료되자 카타오카의 HP가 1까지만 회복됐다.

사망 페널티는 발생하지 않는다는 뜻이다.

그 대신 전적은 관리되고, 이 숫자에 집착하는 사람은 집착하겠지.

"끄윽…… 뭐— 라……고."

아직까지 패배를 인정하지 못한 것 같은 카타오카에게 나는 단호하게 말했다.

"하나만 말해두겠어. 문장술사도 어엿한 딜러가 될 수 있다고. 일격 초특화형이지만."

문장술사의 평판을 올리기 위한 선전이다. 문장술사에게 빛을!

망캐 마이스터인 나로서는, 내가 눈여겨본 문장술사가 빛을 발하고 세간에서 다시 보게 되는 것이 무엇보다도 기쁘다. 그러니 어필할 수 있는 곳에서는 어필을 해두는 거다.

"거, 거짓말이지……?! 뭐, 뭐야 이게……?!"

"자, 잘 모르겠지만 엄청난 대미지인데? 1000을 넘었어—?!"

카타오카의 파티 멤버도 놀란 모양이었다.

뭐, 이런 국면에서 일격 초특화형은 강하다.

솔직히 맞히기만 하면 이기는 느낌이니까.

"자, 타카시로의 승리~! 대단하네! 선생님도 조금 놀랐어!"

"감사합니다."

거의 승리를 확신하고 있어서 딱히 기쁘지는 않았다.

그래도 조금 개운해졌다. 솔직히 카타오카의 태도는 울컥했으니까.

"설마 이 단발기를 이 시점에서 발견하다니. 너, 장래성이 있네. 그런 아이가 우리 반이라니 선생님도 기뻐!"

"선생님도 이걸 아셨나요."

"그야 GM이니까. 이건 단발 대미지 소스로는 최강 클래스의 조합이라고 생각해. 마이너하고 쓰기도 좋지 않지만."

"가이드북에도 실려 있지 않았으니까요."

"쓰는 사람도 학생이라 전부 아는 건 아니거든. 그래도 그것 때문에 반대로 다들 여러 시도를 해보지 않는 면도 있어. 공략본이 있으면 참고해서 지뢰를 피하는 게 인간 심리니까. 그걸 주저하지 않고 파고드는 건 장하네. 나이스 챌린지, 역시 망캐 마이스터네."

"그것도 들켰나요……."

"선생님도 게이머니까. 안의 사람이 이렇게 젊을 줄은 몰랐지만. 재미있으니까 풀로 활용해서 노력해봐. 요즘 애들은 다들 정석 중시라서, 보고 있으면 조금 재미가 없거든."

"뭐, 노력해 볼게요."

"자, 그럼 약속대로 GM 권한으로 카타오카의 소지금 모두 몰수! 타카시로의 지갑으로 들어갑니다~!"

그 선언과 함께 내가 가진 미라가 가산됐다. 짤랑 하는 소리가 났다.

으음, 플러스 2만 미라인가. 대단치 않군. 이 녀석 별로 돈이 없었네.

"아, 사후처리는 선생님이 할 테니까, 타카시로네는 가도 돼~."

"그럼, 부탁드립니다."

그 말을 받아들여서 공략을 계속하기로 하자.

"그럼 아키라, 가자."

나는 아키라를 데리고 목적지였던 마을 기룡점으로 향했다.

아키라는 기분 좋게 따라왔다.

"렌, 고마워. 감싸줘서."

"아냐, 당연한 말씀. 그런 바보 같은 생트집은 잠자코 있을 수가 없으니까."

"후후훗. 왠지 믿음직했고, 조금 멋있었거든?"

쿡쿡 찔러왔다. 귀여운 웃음이라 나는 조금 쑥스러워졌다.

"무…… 무슨 소리야. 나는 언제나 믿음직했거든?"

"뭐어? 평소에는 믿음직하기보다는 재미있는 쪽이야. 분명히."

"호오? 그런가?"

"그렇다니까. 언제 무슨 짓을 할지 모르는 엉뚱한 재미지만."

"신기한 동물 같은 거?"

"맞아맞아! 아무리 봐도 질리지 않는다니까~."

"뭐, 아키라의 소드 댄서 장비도 아무리 봐도 질리지 않지만."

"앗! 그, 그런 말은 하지 마! 그거 부끄럽다니까……!"

"잘 어울리니까 당당히 있으면 될 것 같은데 말이야."

"그럴 수는 없다고! 아직 전혀 익숙해지지 않았고—."

그렇게 이야기를 나누면서 기룡점에 도착해 대여를 부탁했다.

"실례합니다. 지금 다른 것들이 다 나가서, 한 마리밖에 남아있지 않네요."

두 마리를 부탁했더니 거절당했다.

이런 일도 있는 건가? 시스템적으로 숫자를 관리하고 있나. 반대로 감탄했다.

"그럼 한 마리면 돼요. 둘이서 타도 되죠?"

"네, 문제없습니다. 매번 감사합니다!"

그렇게 해서, 내가 앞에서 고삐를 잡고 아키라가 그 뒤에 타게 됐는데—.

우오오오오오! 이건 안 돼. 눌리고 있다! 눌리고 있다고!

바로, 아키라의 가슴.

2인승이고 아키라가 뒤에 있으니까 밀착해 있고, 기룡이 달리면 흔들리니까 이게 정말 말랑말랑 몰캉몰캉해서…… 이건 신경 쓰지 않는 게 무리잖아. 전혀 집중할 수가 없어!

왜 이 게임은 이런 부분이 이렇게나 리얼한 건데!

감사합니다! 좀 더 해라!

"2인승도 즐겁네~!"

아키라는 내 뒤에서 순진하게 미소를 짓고 있었다.

반면 나는 아키라에게서 전해지는 감촉이 신경 쓰여서 아무것도 눈에 들어오지 않았다.

결국, 이날은 6층, 7층을 클리어하고 끝냈다.

제 4 장 아이언 제미니

그로부터 이틀 뒤.

우리는 8층 보스 앞까지 공략을 진행하고 있었다.

마에다나 야노가 진행하고 있는 반 본대는 9층 공략 중이라고 한다.

얼마 남지 않은 곳까지 쫓아왔군. 그런고로 8층 보스전이다.

우리는 위로 가는 회랑과 함께 그곳을 지키고 있는 보스를 발견했다. 하지만 문제가 하나.

"아, 보스 두 마리 패턴도 있는 건가."

"처음 보는 패턴이네."

아이언 제미니라는 왕관 달린 네임드 플로어 보스가 두 마리.

위층으로 가는 회랑을 기동시키는 마법진을 지키며 머물고 있었다.

외모는 철로 만들어진 커다란 골렘. 레벨은 양쪽 다 18이다.

반면 우리는 양쪽 다 레벨 17이 되어있었다.

"한 마리만이라면 『데드 엔드』로 일격필살해서 자, 종료. 이거면 끝났을 텐데."

지금까지의 플로어에서는 전부 그걸로 밀어붙였다.

일격 폭딜 특화형인 내 문장술사는 적이 한 마리라면 귀신처럼 강하다.

반대로 레벨 업에서 자주 진행하는 이동 사냥이라면 파티는 항상 전투 중.

한 전투에 한 번밖에 쓸 수 없는 암기 아츠나 그걸 조합한 『데드 엔드』는 한 방이면 끝나고, 미묘하다고밖에 말할 수 없는 지원능력만 남고 만다.

구릴 때는 철저하게 구리고, 빛날 때는 철저하게 빛난다.

하지만 그게 좋다.

이걸 살리는 것도 죽이는 것도 내게 달렸으니까 즐겁다.

그게 로망이라는 녀석이다.

“이번에도 한 마리는 렌이 『데드 엔드』로 순식간에 처리한다고 생각하면 되겠지?”

“그보다 그걸 못하면 죽잖아.”

“그럼 그건 오케이로 해두고. 다른 하나는…… 내가 1대 1로 5분 버티면 한 번 더 오의를 써서— 아, 안 되나. 한 전투에 한 번이었지?”

“기본적으로는 그렇지. 지원은 할 수 있지만, 다른 하나는 아키라가 노력해준다는 걸로.”

“그렇게 되네. 뭐, 해볼까. 안 되면 그때 또 생각하자!”

그렇게 해서 나와 아키라는 기룡에서 내렸다.

대여 기룡은 감사합니다, 라는 듯이 한번 울고는 마을 쪽으로 돌아갔다.

한 번 내리면 돌아가 버린단 말이지. 내 전용 기룡을 갖고 싶다.

"조, 좋았어……. 준비 완료! 언제라도 갈 수 있어!"

아키라는 학생복에서 배틀용 소드 댄서 장비로 갈아입었다.

7층에서 신 장비를 구입했지만 역시 살색 성분은 변함없어서 부끄러운 것 같았다.

"오오…… 변함없이 노출도가 높네. 감사합니다 감사합니다."

"정말, 떠받들지 않아도 되거든! 나를 보지 말고 적을 봐줘!"

"예이예~이. 그럼 아키라가 원거리에서 한 마리를 집중공격 해줘. 두 마리 다 오겠지만, 무사한 쪽을 내가 죽일게. 이후로는 지원을 하겠어."

"오케이."

우리는 『스카이 폴』의 충격파 사정거리 한도까지 플로어 보스에게 접근했다.

아직 상대방의 감지 바깥인 모양이다. 선제공격할 수 있다.

"그럼, 할게."

"언제든지!"

내가 수긍하자, 아키라는 『스카이 폴』을 뽑아서 휘둘렀다.

"가라~앗!"

칼끝이 바닥을 때리자, 그곳에서 터져 나오듯이 충격파가 발생했다.

HP가 풀이었을 때 한정이지만, 비공정 습격 이벤트에서 봤던 보스의 공격과 완전히 동일하다.

땅을 달리는 충격파가 아이언 제미니 한 마리에 직격.

공격을 맞은 보스 두 마리는 이쪽을 감지해서 돌진했다.

거리가 좁혀지는 사이, 아키라는 다시 검의 충격파를 연타.

한쪽의 HP를 2, 3할 깎았다. 이 능력은 엄청나게 편리하다. 역시 초레어 무기.

보스들이 바짝 접근해서 두 마리가 동시에 아키라에게 철권을 휘둘렀다.

아키라도 능숙하게 반응해서 무기로 가드했다.

그러나 가드 대미지가 확실하게 발생했다.

이대로 가면 밀리고 만다. 이제 바로 내 차례다.

“렌, 부탁해!”

“그래, 맡겨둬! 자, 떨어라—. 이것이 나의 장타력이다아아앗!”

나는 HP가 100퍼센트인 보스에게 지팡이 끝을 척 겨눴다. 『디스트라 서클』 영창 개시.

“와앗! 멋진 빅 마우스네!”

재미있어하는 아키라를 곁눈질하며 원진 발동. 당연하지만 범위는 최대여서 MP가 비었다.

—준비 완료!

“오의! 『데드 엔드』으으으!”

서거어어어어어어억!

흉악한 빛에 감싸인 일섬. 보스의 HP 바가 확 깎였고—.

조금 남았다.

"으겍?! 남았어?!"

이렇게 되면 내 남은 HP는 1. 무기는 소멸해서 무방비.

이건, 위험한데—!

아이언 제미니는 오의의 위력에 밀려서 등을 젖히고 있었다.

이 틈에 회복 포션을 쓸까?

하지만 포션류는 발동 전의 캐스트 타임이 길다.

그렇기에 자신이 타깃이고, HP가 아슬아슬한 상황에서는 쓰기 힘들다.

발동 전에 얻어맞아서 죽을 가능성이 높으니까.

캐스트 타임을 단축하려면 『약품 지식』 같은 탤런트가 필요하다.

물론, 그런 건 갖고 있지 않다.

여기서는 적의 경직이 길게 이어지는 것을 기원하며 포션을 마실 수도 있지만—.

역시 불확실하다.

아키라라면 내 HP를 보고 있을 거다.

여기서는 아키라를 믿고 조금이라도 시간을 벌기 위해 후

되를―.

그렇게 생각하는 사이 내 HP가 회복됐다.

"렌, 버텨!"

아키라가『힐 스텝』을 발동한 것이다.

소드 댄서의 스킬이다. 그 이름대로 회복 효과. 소비 AP는 30.

참고로 스텝을 밟으면 빙글 돌아서 일회전하는 모션이 귀엽다.

역시 아키라는 반응이 빠르네―.

회복을 원한다고 생각할 때는 이미 날아오고 있다.

직후, 보스가 경직에서 벗어나 나를 향해 다가왔다.

나도 뛰어서 물러났지만 이쪽이 물러나는 모션보다 저쪽이 돌진하는 속도가 더 빠르다.

이 게임은 뒤로 뛰어서 물러나는 회피 모션이 현실에 가깝다.

반대로 공격 측은 반자동 모션이라 적의 추격 보정이 강하다.

그래서 예비 동작이 큰 일부 공격은 보고 회피할 수 있지만, 추격 보정이 강한 것은 보고 회피하려고 해도 기본적으로는 맞는다.

그런 모션은 반대로 가드 브레이크 성능이 낮으니까 가드하는 게 좋다.

기본은 가드. 피할 수 있는 건 피한다. 그렇게 생각해두면 된다.

이쪽을 추격해서 발동하는 근거리 펀치는 회피가 어렵다고 판단했다.

아이언 제미니의 공격. 렌은 가드. 20의 대미지!

이어서 날아온 보스의 공격 두 방을 가드해서, HP가 한 자릿수로—.

그때 이리로 달려온 아키라의 아츠가 발동했다.

"『호크 스트라이크』!"

힘차게 뛰어올라 체중을 실어 적의 머리 꼭대기를 찌르는 아츠다.

그게 멋들어지게 히트. 아주 약간 남아있던 보스의 HP를 깎아냈다.

절묘한 지원이었다.

"오오, 살았어! 땡큐!"

"응!"

아키라는 생긋 웃으며 다른 한쪽에 집중했다.

아키라가 능숙한 건 물론이지만, 탤런트인 『투신의 숨결』이 또 크다.

이것 덕분에 AP를 최대치인 300까지 채우고 배틀을 시작할 수 있다.

그렇기에 회복을 날리고, 아츠로 보스의 뒤처리까지 즉시 대응하는 게 가능하다.

그리고 가지고 있는 무기 『스카이 폴』. 이게 또 멋지다.

아키라는 자신에게 『힐 스텝』을 쓰면서 HP를 풀로 유지하며 공격을 이어갔다.

HP가 풀이면 충격파가 나가니까, 통상 무기 공격에 더해서 충격파가 2단 히트한다.

즉, 대미지가 두 배가 되는 것이다.

HP 풀이 조건이니까 한 방 맞을 때마다 회복해야 하지만, 맞는 빈도도 점점 줄어들었다.

아키라가 적의 모션에 익숙해졌기 때문이다.

피하기 힘든 근거리의 펀치는 가드.

양 주먹을 맞대서 머리 위에서 내리찍는 타격은 빈틈이 크기에 회피.

이걸 전혀 실수하지 않는다.

나는 함께 수많은 게임을 해왔으니까 알고 있다.

결코 단순한 절경 마니아에다 즐기는 파가 아니라, 액션계가 무척이나 능숙하다.

역시 마이 베스트 프렌드. 실로 믿음직한 존재다.

나는 지원을 위한 서클을 몇 종류 전개하면서 전황을 확인했다.

아키라의 HP 유지에 쓰이는 AP와, 공격에 따른 획득 AP가 완전히 균형을 이루기 시작했다.

아니, 오히려 획득 AP가 조금 웃돌고 있나? 이대로 가면 전부 깎아낼 수 있다.

원래대로라면 플로어 보스는 6~10인 정도로 쓰러뜨리는 상대다.

그걸 혼자서 깎아내고 있는 거니까 굉장하다.

그러는 사이 보스의 남은 HP가 5할로. 4할— 3할— 할 수 있나?

그러나 여기서, 보스가 본 적 없는 자세를 취했다. 내 로그에는 이렇게 나왔다.

아이언 제미니가 블래스터 너클의 자세를 취했다!

보스의 아츠였다.

힘껏 주먹을 내밀고 펀치를 날리자 주먹이 사출되어 날아왔다!

게다가 펀치를 피해서 옆으로 뛴 아키라를 쫓아가는 유도탄이었다.

"우왓?! 꺄아아아아앗?!"

허를 찔린 아키라는 그걸 제대로 얻어맞았다.

대미지가 상당히 크다. 7할 정도가 날아갔다.

"아키라!"

"괜찮아! 아직 할 수 있으니까! 바로 회복을―."

AP는 아직 140 정도 남았다.

회복을 위해 『힐 스텝』의 모션에 들어가려 했지만, 멈췄다.

"아욱?! 뭐야? 안 움직여……."

아키라의 동작이 도중에 멈췄다.

스테이터스 아이콘을 본 나는 무슨 일인지 파악했다. 마비다.

적의 아츠가 가진 추가효과에 마비가 있었던 것 같다.

마비는, 몇 분의 1 확률로 행동을 저해하는 효과다.

"아키라! 마비!"

"마비? 그럼 다시 한 번―!"

이번에는 발동해서 HP가 회복.

그건 좋지만, 마비로 끊어진 스텝에도 AP가 소모되었다.

이래서는 HP를 유지하기 힘들어진다. AP가 순환하지 않게 될 위험성이 있다.

적도 쉬고만 있지는 않아서 계속 추격해왔다.

아키라도 응전을 이어갔지만, 타격도 스텝도 상당한 확률로 마비되어 끊어졌다.

대미지를 주는 페이스가 떨어졌다.

회복을 위한 AP도 돌지 않게 되어서―.

다시 아키라의 HP가 3할 이하로. 남은 AP는 20.

이래서는 당한다. 그렇게 판단한 나는 재빨리 아이템 윈도우를 열었다.

그리고 **아이템 합성**을 시작했다.

소재는 『오크 스태프』와 『브론즈 소드』. 『지팡이칼』의 레시피다.

보통 배틀 중에는 합성 모션을 취할 수 없다.

그러나 탤런트에 세팅되어 있는 『유동 작업』이 핵심.

이건 모션을 스킵해서 결과만을 얻는 효과이니 전투 중에도 합성을 할 수 있다.

합성 개시. 즉시 종료. 나는 『지팡이칼』을 장비.

아키라를 공격하는 아이언 제미니의 옆으로 달려갔다.

그리고 『지팡이칼』의 헤드를 확 비틀어서 『발도술』을 바로 발동!

내 HP는 한 자릿수까지 줄었다. 즉, 아츠의 위력은 상당히 높다.

그 일섬이 얼마 남지 않았던 보스의 HP를 가까스로 깎아냈다.

보스는 크게 비틀거리더니 와르르 무너져서 소멸했다.

"좋~아좋아! 휴우, 어떻게든 됐네."

"뭐어어엇?! 잠깐만 잠깐만!"

그러나 아키라는 뭔가 불만스러워 보였다. 모처럼 보스를 쓰러뜨렸는데.

"응?"

"암기 아츠는 한 전투에 한 번이잖아? 『데드 엔드』로 한 번 썼는데 또 한 번 쓸 수 있었어?!"

"오, 좋은 질문이로군요~ 아키라 군. 그건 한 전투에 한 번이라는 표기가 시스템상으로 어떻게 처리되는가 하는 이야기를 해야 합니다."

나는 이런 게임 시스템의 내부 로직을 고찰해서 굴리는 것을 무척 좋아한다.

물어본다면야 열심히 설명하고말고!

"아, 세밀한 계산식 같은 걸 주야장천 말하지 않아도 되거든~ 렌은 한번 시작하면 기니까. 간단하게 부탁드립니다~. 선생님."

"칫. 뭐, 오케이. 알았어. 그럼 내가 암기 A와 B를 가지고 있다고 치자?"

"응."

"그리고, 암기 A의 아츠를 썼습니다. 이 시점에서 내가 가진 암기 A와 B는 이제 이 전투 중에 아츠를 쓸 수 없다는 규칙에 묶였을거야. 추측이지만."

"흠흠."

"하지만, 이후 같은 전투 중에 암기 C를 새로 손에 넣었을 경우, 이것에는 규칙이 적용되지 않은 것 같아. 그래서 한 번 더 쓸 수 있어."

아츠 사용 불가 규칙이 아이템마다 관리되고 있다는 뜻이다.

"어? 그럼 그 암기 C를 손에 넣었다는 거? 전투 중에는 합성 못하잖아?"

"탤런트 『유동 작업』을 세팅해두면, 전투 중에도 합성이 가능하단 말이지, 이게."

"뭐어어?! 그랬구나! 그거 의미가 있었던 거구나! 그건 플래그 판정을 빠져나갈 구멍이 있다는 거지?!"

"예스, 바로 그거야. 『지팡이칼』은 온리 속성이라서 『파이널 스트라이크』로 부수지 않으면 다음에 합성을 못하긴 하지만. 그래서 일단 부수는 게 추천되지. 돈 낭비가 엄청나네~."

오의를 쓸 때마다 무기가 소멸한다면 재료비가 엄청나게 든다. 사람들은 그걸 돈 낭비라 부른다.

이 스타일을 유지하려면 항상 암기 재료 스톡을 빼먹지 않는 게 중요하다. 지금은 한 달 노는 동안에 모아두었던 저금이 있으니깐 괜찮지만.

앞으로는 자금 조달이 과제가 되겠지.

"우와~ 그거 버그인지 사양인지 모를 완전한 회색지대잖아……. 용케 그런 걸 눈치챘네."

"뭐, 이것저것 시험해볼 시간이 있었으니까."

한가해서 아일랜드 버니 사부님을 대량으로 끌어와서 놀고 있을 때 우연히 눈치챘다.

놀다가 엄청난 영감이 번뜩일 때가 있단 말이지.

"그걸 검증하기 위해 대체 몇 마리의 아일랜드 버니가 희생양이……."

"후후후…… 게임이 아니었다면 이미 멸종해도 이상하지 않았겠지. 뭐, 그건 넘어가고, 가능한 이상 마음껏 활용하는 방향으로 가려고 합니다."

"그럼 스킬 재사용 대기시간만 돌아오면, 오의를 한 번 더 쓸 수 있다는 거네?"

"그렇지. 『뮬그레의 비약』을 사용하면 완벽하게 쓸 수 있지만…… 이번에는 이 『발도술』 정도로 절약한 거지."

내가 그렇게 대답하자, 아키라는 뭔가 번뜩였다! 라는 듯이 손을 쳤다.

"그렇구나, 알아냈어! 왜 나를 소드 댄서로 지명했는지! 『검의 춤』을 익히기 때문이지?!"

아키라가 꺼낸 말은 소드 댄서가 레벨 22 때 익히는 스킬이다.

효과는 『뮬그레의 비약』과 같은, 전 스킬 재사용 대기시간 초기화. 소비 AP는 200.

"맞아! 역시 아키라는 말이 잘 통한다니까!"

암기 아츠가 한 전투에 한 번뿐이라는 제약은 무기 파괴 뒤의 전투 중 합성으로 회피 가능.

스킬의 재사용 시간만 돌아온다면 같은 전투에 오의를 한 번 더 쓸 수 있다.

소드 댄서는 순간적으로 스킬을 재사용 가능하게 해주는 능력을 갖고 있다.

있어 준다면 나는 오의의 2연타가 가능해져서 순간 화력이 두 배가 되는 것이다.

이렇게나 상성이 좋은 직업이라는 걸 아는데 추천하지 않을 수는 없다.

“그렇구나~! 겨우 납득했어어! 야한 목적이 아니었구나!”

“아니, 그러니까 그건 처음부터 아니라고 했잖아.”

“그래도오. 이 차림새를 하고 있으면 힐끔힐끔 쳐다보니까~.”

게슴츠레한 눈으로 나를 바라봤다.

“어디까지나 성능 목적이긴 했지만. 고맙게도 외모도 눈호강이 되니까 제대로 즐기고 싶어서!”

“정말이지~. 이게 단순 온라인 게임 아바타였다면 카메라 앵글을 조정해서 스커트 안을 보든 말든 그냥 마음대로 하라고 했을 텐데.”

“아~ 전에 한 번 해본 적이 있었지.”

EF의 인기 NPC였던 마법소녀 멜로링이라든가. 다들 자주 했었다.

“지금 생각하면 미안한 일을 했네. 그때 나는 아키라가 남자인 줄 알았거든.”

“아냐, 바보구나~ 라는 생각은 했지만, 그건 그것대로 귀중한 체험이었거든. 남자아이의 생태를 알 수 있었다고나 할까…… 하지만 이 게임은 자기를 보고 있다는 느낌밖에 들지 않는다고. 엄청 부끄럽다니까!"

"괜찮다니까, 잘 어울리고 귀여우니까 아무 문제 없어!"

"정말이지…… 뭐, 나와 렌 사이니까 딱히 봐도 상관없긴 하지만……."

"그보다 말이지. 방금 보스전은 역시 아키라던데? 혼자서 그렇게나 보스를 깎아내다니 굉장했어. 상대의 움직임에도 곧바로 대응했고. 액션이 특기인 건 여기서도 잘 활용되고 있네."

"렌이 그런 말을 해도~."

쓴웃음.

"응?"

"그 액션이 특기인 나를 대전에서 8할 확률로 때려눕히는 건 어디의 누구시더라?"

"아니아니, 그건 넘어가더라도. 객관적으로 보면 역시 잘하는 거라고?"

"그래도. 렌이 소드 댄서였다면 마지막까지 깎을 수 있지 않을까?"

"내가 소드 댄서? 아니, 조금 부끄러우니까 무리……."

"아~! 너무해! 나한테는 시켜놓고서!"

아키라가 울컥울컥 화냈다.

"뭐, 내가 해도 혐오스러울 뿐이잖아. 그보다도 뭔가 전리품이 나왔는데."

"아, 진짜네. 뭘까 뭘까."

"오. 『아이언 잉곳(주괴)』이다! 게다가 여섯 개나!"

"소재라—. 그냥 장비 갖고 싶었는데."

아키라가 유감스러워하는 반면, 나는 텐션이 올라갔다.

"아니아니, 이건 좋을지도 몰라. 반드시 떨어뜨리니까."

"응?"

"좋아, 보스가 리스폰(재출현)하는 걸 기다려서, 한 번 더 쓰러뜨리자!"

"뭐어? 위로 안 가?"

"만약 반드시 잉곳 여섯 개를 얻을 수 있다면, 모으기에는 절호의 포인트잖아? 앞으로 『지팡이칼』의 구성을 『브론즈 소드』로 놔두는 건 힘드니까, 『아이언 소드』로 구성을 갱신하고 싶거든. 대량으로 잉곳을 모아야 한단 말이지. 그리고 고정 경험치도 두 마리라서 꽤나 짭짤하니까, 레벨 업을 하기에도 효율이 좋아. 여기서 단번에 22까지 올리자."

소드 댄서가 『검의 춤』을 익히는 22까지는 어딘가에서 효율 좋은 포인트를 찾아서 레벨을 올리고 싶었다.

거기까지 올리면 나와 아키라의 콤비네이션이 진가를 발휘할 수 있다.

여기는 무기의 버전 업을 위한 잉곳 모으기도 가능해서 일석이조다.

"그야 보스의 리스폰이 엄청 길거나, 잉곳의 배급이 짜거나 하면 생각을 바꾸겠지만, 적어도 여기서는 확인을 해봐야지! 내 게이머로서의 감이 어서 검증을 해보라고 팍팍 말하고 있다고!"

"우와~ 나왔다. 렌의 검증 버릇."

"자, 일단 리스폰을 한 번 기다려서, 쓰러뜨려 보자. 응?"

"응, 알았어. 좋아. 그럼 조금 휴식이네."

아키라는 근처에 굴러다니던 바위 위에 살포시 앉았다.

나는 현재 시간을 확인한 뒤 바위 근처 바닥에 발로 메모를 해두었다.

몇 분에 리스폰되는지 재기 위해서다.

"아, 아키라. 이 『아이언 잉곳』 받아도 돼?"

"응, 가져가."

"감사!"

시스템 메뉴를 불러서 『유동 작업』을 탤런트 설정에서 제외했다.

그리고 합성 메뉴를 불러서 『아이언 잉곳』 네 개로 『아이언 소드』 합성을 개시. 『유동 작업』을 설정해두면 합성 스킬이 올라가지 않기 때문이다.

매번 해제하는 건 조금 귀찮지만 어쩔 수 없다.

간이 대장장이 툴 세트를 가동.

우선 『아이언 잉곳』을 화로에 녹여서 그걸로 성형.

망치로 뚝딱뚝딱 두드려서 검의 형태를 만들었다.

이런 수동 조작으로 장인 기분을 맛볼 수 있다.

너무 실수하면 합성 실패가 되어 소재가 사라진다.

반대로 잘 하면, 통상보다 성능이 좋은 고품질이 된다.

뚝딱뚝딱. 뚝딱뚝딱. 소리가 이어졌고—.

문득 내 눈앞에 아키라의 얼굴이 끼어들었다.

게다가 엄청 이상한 얼굴이었다.

"푭?! 우하하하하, 야, 그만해— 앗, 조작이 어긋났다!"

쨍그랑 하는 소리가 나며 잉곳이 산산조각으로 부서졌다.

합성 실패…….

"저기…… 아키라?"

"아하하하하. 그치만. 한가한걸."

뭐, 이런 장난을 좋아하는 건 옛날부터 알고 있었으니까 딱히 화는 나지 않았다.

"으음, 리스폰은 아직인가."

"아직 1분이니까."

"오오, 맞다. 지금 이 틈에……."

나는 내 스테이터스를 윈도우에 표시했다.

거기서 LUB(레벨 업 보너스) 할당 화면을 기동했다.

레벨 업을 하면 보너스가 쌓이고, 그 포인트를 임의로 스테이터스에 할당할 수 있다.

이른바 스탯 투자인데, 나는 아직 쌓아두고 있어서 전혀 투자하지 않았다.

지금의 LUB는 64포인트. 스테이터스는—.

STR 30

VIT 33

DEX 35

AGI 41

INT 72

MND 60

CHR 49

후열 직업답게 INT(지성)와 MND(정신)에 치중되어 있다. 신체 능력은 무지무지 낮다.

"뭐에 투자할 거야? 나도 아직 투자하지 않았는데."

"방금 한 방에 처치하지 못했으니까. 어떻게든 해야지. 참고로 아키라의 스탯은 지금 어떤 느낌?"

"나? 이런 느낌이야."

나는 아키라가 연 윈도우의 스테이터스에 주목했다.

STR 52

VIT 44

DEX 61

AGI 63

INT 37

MND 42

CHR 74

DEX, AGI, CHR— 재주, 민첩, 매력이 높은 느낌이네.

DEX(재주)는 근접 무기를 쓰는 직업에는 필수적인 거고, AGI(민첩)은 빠른 발이나 회피 판정에 영향을 주니까 이것도 높은 편이 좋다.

CHR(매력)은 댄스의 회복력에 영향을 미친다. 귀여움은 정의라는 건가.

STR(근력)은 평균 레벨이고, 스탯 경향을 보면 공격력은 그리 높지 않다.

VIT(내구)은 근접 캐릭터치고는 낮은 편이라 공격을 당하면 가드 대미지가 심하다.

CHR이 특출하게 높다는 것 말고는 경전사계의 스탯 경향이다.

자, 나의 LUB 64포인트를 어떻게 투자할까.

뭐, 선택은 하나군.

그런고로 나는 VIT(내구)에 64포인트를 전부 쏟아붓기 위한 조작을—.

"잠깐……?! 기다려 기다려! 저기이? 그래도 괜찮아?"

아키라가 놀라며 막았다.

"어? 이상해?"

"보통 문장술사에게 가장 의미가 없을 것 같은 VIT에 몽땅 투자하는 걸 보게 되면 막지 않을까?"

"하지만, 문장술사를 일격 특화의 대미지 딜러로 육성하는 게 콘셉트잖아?"

"그럼 STR(근력)이나 DEX(재주)에 투자해야 하는 거 아냐?"

"그럴까? STR은 물리 공격력과 가드 대미지를 일으키는 판정이잖아? DEX는 치명타율과 명중률."

가드 대미지에 대해서. 이건 공격 측의 무기가 가진 가드 브레이크 성능 플러스 STR, 방어 측의 무기 혹은 방패의 가드 성능 플러스 VIT를 비교해서 공격 측이 우세일 경우 발생한다.

가드 브레이크 성능이나 가드 성능은 양손검이나 양손도끼 같은 중량급 무기가 높이 설정되어 있다. 가드 성능만 보면 당연히 방패가 가장 높다.

회피는 공격을 받은 쪽과 공격을 가하는 쪽의 AGI와 DEX 차이가 크면 일어나기 쉽다.

AGI에 특화되면 공격을 상당한 확률로 회피할 수 있게 된다.

이게 있으니까 공격무기를 쓰고 싶은 플레이어는 DEX에 스탯을 투자하는 걸 무시할 수 없는 거다.

물리 공격에는 STR도, DEX도 중요하다.

균형이 중요해서, 영원한 고민거리인 셈이다.

"응응. 대미지 딜러라면 중요하잖아?"

"하지만 어차피 통상공격 같은 걸 할 생각은 없어. 암기 아츠가 오의뿐이라면, 회피 불가가 붙어있으니까 명중률은 신경 쓸 필요가 없으니 필요 없고. VIT는 최대 HP에도 관련이 있으니까. 최대 HP가 늘면 HP 1일 때 『발도술』의 위력이 올라가잖아."

"어? 앞으로도 통상공격은 완전히 봉인하고 갈 거야?"

"지팡이의 타격 같은 건 별거 아니잖아. 그걸 맞히기 위한 스탯 투자는 아까워."

"나중에 『지팡이칼』을 뽑아서 검으로 써서 싸울 때는 어쩌게?"

"그러면 『발도술』을 쓰지 못하는 것 같아. 손패를 보여줬으니까 졌다는 거지."

암기는 현실에서는 기습용의 비밀 무기니까…… 이하 생략.

"그래?"

"게다가, 검을 뽑아봐야 문장술사는 검 보정이 없다고. 검 아츠를 쓸 수 없고, 원래부터 약해서 공격이 안 맞으니…… 제대로 쓰려면 『습득의 증표 〈한손검〉』 탤런트를 달고, 충분히 DEX를 육성하는— 그런 느낌이 될 거야."

"으~음. 거기까지 한다면 그냥 평범하게 검을 쓰는 게 나아지나?"

"그렇지. 양쪽을 다 살리려고 지팡이로 퍽퍽 두들기면서 『발도술』을 사용할 때를 가늠할 바에는, 그 시간에 그냥 검을 뽑아서 두들기는 편이 총 대미지가 더 올라갈 테니까. 본말전도라는 거지. 게다가 거기까지 해봤자 문장술사의 기본 스탯은 너무 낮아서 다른 근접형 직업과 비교하면 약하니까……."

"역시 쓰기 힘드네. 『지팡이칼』."

"완전히 동감. 제대로 운영할 수 있는 건 『턴 오버』로 임의로 HP를 줄일 수 있는 문장술사뿐일 거야. 그 문장술사도 어중간하게 범용성을 요구하면 특징이 사라져서 무기가 썩을 뿐이고. 회피 불가에다 모션을 맞추기만 하면 되는 『발도술』이나 『데드 엔드』의 일격을 어디까지 높일 수 있는지가 승부인 거야. 역시 어중간한 제너럴리스트보다는, 한 가지 재주에 특화된 스페셜리스트를 노려야 한다고 생각해!"

뜨겁게 외친 나를 보고 아키라는 왠지 기쁜 듯이 싱글벙글 웃고 있었다.

"응? 왜?"

내 얼굴을 빤히 들여다보고 있으면 왠지 긴장되는데.

"응~? 그게, 지금까지 해왔던 게임은 채팅 글자만 보이지 표정은 안 보였잖아? 이럴 때는 이런 표정을 짓는구나 해서."

"어떤 표정인데?"

"엄청 기뻐 보였어. 왠지 귀엽네~♪"

뺨을 쿡쿡 찔러왔다.

"그만둬. 왠지 부끄럽잖아."

"에이. 괜찮잖아. 나한테는 실컷 치욕을 줘놓고서."

"아니, 그건 너무 남들 듣기 안 좋은 말이잖아!"

"흐흐~응. 그럼 이야기를 되돌려서, STR을 올리기보다 VIT를 올리는 게 대미지가 늘어나는 거야?"

"기대치는 별 차이가 없는 것 같아. 그러면 대미지 이외의 부분에서 VIT의 메리트가 크지. 가드 성능이 올라가잖아? HP도 늘어나고. 오의를 쓰기 전에 당하는 게 가장 곤란하니까 생존력을 올리는 건 나쁘지 않고, 튼튼해지면 상대가 쓰기 전에 해치우자는 작전으로 나왔을 때 대처할 수도 있어. 그래서 VIT를 올리는 게 공방의 일석이조인 거지."

"대인전이라면, 쓰기 전에 해치우자는 작전도 걸어올 수 있으니까."

"그런 거야."

"그렇구나. 그래도 위력을 너무 올려서 오버킬이 되는 것도 지나치지 않아? 얼마 전에 B반 애랑 싸웠을 때도 이미 오버킬이었던 것 같은데?"

"아~ 뭐, 그 점은 그렇지. 솔직히 비거리 100미터만 날리면 홈런인데 항상 150미터 포를 노린다는 느낌은 들어."

"야구로 비유하면 다들 알아들을 거라 생각하지 않는 편이 좋을걸? 나는 익숙하니까 의미를 알지만~."

미안, 버릇이거든. 부모님의 영향이라.

"하지만 그게 좋은 거야. 비거리는 로망이니까. 같은 홈런이라도 로망이 있는 편이 화제가 생기고 인기도 나오잖아. 나는 노답스 필두인 문장술사가 빛을 봐서 인기가 높아지면 그걸로 충분해. 아키라 너도 말했듯이, 로망포야. 로망포."

"변함없이 바보네. 하지만 그러면 전혀 도움이 되지 않을 것 같은 VIT 올리기가 최적의 해답이라는 거네. 언제나 렌의 방식은 재미있어."

"그거 감사."

그렇게 말하면서 나는 LUB을 VIT에 모조리 투자할 것을 결정했다.

VIT가 33에서 97이 되었다. 좋았어, 무척 튼튼해졌어. 최대 HP도 늘었고.

"아키라는 어떻게 올릴 생각인데?"

"DEX 우선일까. 회복에도 AP를 쓰는 직업이니까. 우선 공격이 맞지 않으면 AP가 확보되지 않잖아."

그런 이야기를 하던 중—.

"앗! 보스 나왔다! 리스폰 몇 분이지."

시스템 메뉴에서 현재 시간 확인. 계산해보니 약 5분이었다.

"5분이라, 꽤 빠르네. 이거라면 리스폰 즉시 잡으면 경험치로도 충분히 짭짤하겠어. 좋아, 아키라는 여기서 잠깐 보고 있어."

나는 『유동 작업』 탤런트를 다시 세팅하고, 평소의 『지팡이칼』을 합성했다.

그리고 새로 나온 두 마리의 아이언 제미니에게 향했다.

"어? 어쩔 거야?"

"잠깐 시험해보고 싶은 게 있어. 상황을 봐서 적당히 공격 시작해줘."

내가 두 마리의 감지 범위로 들어가자 일제히 덮쳐왔다.

날아오는 주먹을 지팡이로 가드.

가드 대미지는 발생하지 않았다. 오오, 투자한 스탯이 활용되고 있군, 활용되고 있어!

이거라면 가드만 미스하지 않으면 상처 없이 넘길 수 있다.

"아, 이제 됐어! 공격 개시!"

멀리 있는 아키라를 불렀다.

이 제2진을 잡자, 역시 『아이언 잉곳』이 여섯 개 나왔다.

그리고 VIT를 투자한 덕분에 최대 HP가 늘어나서 오의의 위력도 상승.

일격에 한 마리를 쓰러뜨릴 수 있게 되었다.

이건 좋은 소재 벌이 포인트 발견이다.

앞으로 나아가는 것만이 능사가 아니다. 효율 좋은 포인트에서는 철저하게 벌어둬야 한다.

레벨 22에서 『지팡이칼』의 조합을 『아이언 스태프』와 『아이언 소드』로 하기 위한 대량의『아이언 잉곳』수집.

지금 있는『오크 스태프』와『브론즈 소드』의 소재를 전부 써서 바꾸자.

자, 벌자~! 한동안 여기서 합숙 결정이다.

제 5 장 반 대항 미션을 소인원 제약으로

아이언 제미니 합숙을 사흘, 그리고 9층 공략에 하루 걸려서 사흘 뒤.

우리는 마침내 선행조를 따라잡을 수 있었다.

잔뜩 얻어낸 『아이언 잉곳』으로 지팡이칼의 구성재료를 『아이언 스태프』와 『아이언 소드』로 바꿨다.

무기의 버전 업은 언젠가 해두지 않으면 안 되는 의식이니까 레벨 업과 동시에 할 수 있었던 건 크다. 완전히 질려버린 아키라가 그저 말없이 아이언 제미니를 두들겨 패던 모습은 조금 무서웠지만.

뭐, 한 달 늦게 시작했는데 열흘 정도로 따라잡았으니까, 열심히 한 편이다.

처음에 아키라가 『스카이 폴』을 얻은 것과, 내가 일격 폭딜 특성인 게 컸다. 적은 인원으로 강한 적을 잡을 수 있는 게 크다.

자, 마지막 10층 말인데, 마에다나 야노한테 들어보니 여기는 맵 중앙에 결계 필드가 있고, 거기에 트리니스티 섬의 대보스가 있다.

보스에 도전하려면 밖에 배치된 몬스터를 잡고 그 드롭

아이템에서 결계를 중화하는 『빛의 방울』을 합성하여 준비할 필요가 있다.

선행조는 지금 아이템을 모으는 중이고, 슬슬 보스에 도전할 수 있을 것 같다고 했다.

아이템 하나로 반 전원이 배틀에 도전할 수 있으니까, 우리도 바로 선행조의 힘이 될 수 있다.

나와 아키라는 지금부터 합류할 수 있겠다며 기대하고 있었지만—.

아침, 로그인을 하자 반의 분위기가 이상하게 어두웠다.

평소에는 떠들썩하고 즐거운 분위기인데. 왜 이러지?

"아, 좋은 아침. 렌."

"좋은 아침, 아키라. 왠지 교실 분위기가 이상한데, 뭐야 이거?"

"나도 모르겠어. 방금 왔더니 이런 느낌이었는걸."

"그런가?"

그때, 반 아이들을 둘러보자 깨달은 게 있었다.

간이 스테이터스(능력치)에 모두 쇠약 아이콘이 붙어있다.

이건 전 스테이터스가 대폭으로 줄어드는 상태 이상이다.

구체적으로는 HP와 MP를 포함한 모든 스테이터스가 5분의 1이 되고 만다.

소생마법으로 부활한 직후에는 이 상태가 된다.

상급 소생마법 중에는 쇠약 지속시간 없이 부활 가능한

것도 있다.

그러나 이번에는 그게 아닌 것 같다.

"다들 쇠약에 걸렸네. 단번에 전원이라니 어떻게 된 걸까?"

아키라도 고개를 갸웃하고 있었다.

그때 야노가 로그인했다.

그녀는 이상한 아이콘이 붙어있지 않은 평범한 상태다.

그리고 우리와 마찬가지로 의아해하며 내게 물어봤다.

"어라~? 저기, 타카시로. 이거 어떻게 된 거야? 다들 완전히 쇠약해졌는데."

"아니, 나도 뭐가 뭔지 모르겠어."

"흐~응? 앗, 코토미 왔다. 코토미~!"

마에다에게는 쇠약 아이콘이 붙어있는 것 같았다.

"아, 좋은 아침. 유우나."

"저기저기, 코토미. 다들 쇠약 걸렸잖아? 무슨 일 있었어?"

"응. 어제 모두 함께 『빛의 방울』을 위한 아이템을 모으고 있었는데, 그때 무슨 탄환 같은 게 날아오더니 그게 폭발해서 연기에 휩싸이니까 다들 쇠약 상태가 되어서……."

"어제? 나는 볼일이 있어서 못 갔었는데…… 그게 아직 낫지 않은 거야?"

"응. GM 콜을 해서 선생님한테 물어보니까, 그게 『초중약화의 비석』이라는 아이템이었던 것 같아. 쇠약 지속 시간이 엄청 길대."

“다른 반의 방해를 받은 느낌? 효과는 어떤데?”

“지속시간이 48시간이래.”

“48시간?! 뭐야 그 무식한 길이는?!”

듣던 나도 깜짝 놀라 소리를 질렀다.

무시무시한 심술 아이템이다.

“선생님은 애초에 트리니스티 섬에서 손에 넣을 수 있는 아이템이 아니라고 하셨어. 앞으로 더 진행하면 해제 방법도 있지만, 지금 단계에서는 자연회복을 기다릴 수밖에 없대.”

“뭐어어어? 누구야, 이런 지독한 짓을 한 녀석이!”

“단정은 할 수 없지만…… 근처에 B반 파티가 있었어. 어쩌면—.”

“그래도 마에다. 저쪽도 그런 걸 손에 넣을 수는 없잖아?”

“물론 아오야기의 말이 맞지만, 상급생한테서 받았을 가능성이 있어서……. 뭔가 부정한 짓이 있었다면 GM 권한으로 해제할 수 있지만, 조사 결과가 나올 때까지는 이대로 있어야 한대. 조사에도 꽤 시간이 걸리는 것 같아.”

“저기저기, 코토미. 그래도 그걸 기다렸다가는 다른 반이 먼저 보스를 잡아서 미션 클리어해버리잖아? 어쩔 거야?”

“다들 쇠약해졌는데 보스와 싸워봤자 승산이 없어. 기다릴 수밖에 없을 것 같아.”

모두가 침울해진 건 그걸 알아챘기 때문인 것 같다.

모처럼 1위를 노리고 열심히 노력했는데, 텐션이 내려가겠네.

"다들 체념 모드에 들어가서 분위기가 초상집이 된 거구나. 그렇군~. 그래도 솔직히 엄청 열 받네. 모처럼 좋은 분위기로 진행하고 있었는데! 키잇~!"

"정말로 분해…… 나도 공략 리더를 맡은 이상, 어떻게든 모두가 기뻐할 결과를 내고 싶었어. 미안해, 유우나."

"아냐, 코토미가 잘못한 건 아니잖아. 열심히 노력했다고 생각하구. 옳지옳지."

야노가 마에다의 머리를 쓰다듬으며 위로했다.

"후후. 설마 같은 고등학교에 와서 이렇게 유우나에게 위로를 받게 되다니."

"아, 전부터 아는 사이였어?"

아키라가 거기서 캐물었다.

"응응. 실은 같은 중학교였거든~."

"뭐, 중학교 때는 그다지 접점이 없었지만."

반장 타입과 노는 애는 같은 학교에 있어도 친해지거나 하진 않으니까.

그건 그렇고, 내가 보기에도 공략 리더인 마에다는 열심히 했다고 생각한다.

레벨이 뒤쳐진 나를 걱정해주거나, 공략본을 준비해주는 등등.

나로서는 그 감사도 겸해서, 여기서 곤란에 처한 부분을 어떻게든 도와주고 싶다.

선택받은 온라인 게임 엘리트의 힘, 여기서 보여주지 않고 언제 보여주느냐 이거지.

""아직 포기할 때는 아냐!""

나와 아키라의 발언이 그대로 겹쳤다.

얼굴을 마주 보고, 그리고 아키라가 먼저 하라며 양보했다.

"아직 나와 아키라와 야노는 무사하잖아. 우리만으로 해볼 수 있을지 시험해보자고!"

"뭐어?! 셋이서?!"

"소인원 제약이라고 생각하면 되잖아. 나도 아키라도 국지전 특화니까, 어찌어찌 들어맞으면 가능성은 있어! 시험해볼 가치는 있을 거야."

"특화된 건 렌뿐이고 나는 평범하다고 생각하지만, 동감! 모처럼 다함께 노력했는데 여기서 지면 분하잖아, 해보자!"

"일단 가능성이 있는지 판단해보기 위해, 한 번은 시험 삼아 싸워보고 싶어."

"그것도 동감! 『빛의 방울』은 벌써 있어?"

"『빛의 방울』이라면 몇 개 만들어놨지? 코토미."

"응. 어제까지 세 개 준비해놨어."

"으음, 그럼 하나 써보자구? 우리는 정찰 갔다 오겠습니다~!"

오오, 야노는 내키는 마음 같다.

"망캐 마이스터하고 소인원 제약 플레이라니 재미있어 보이잖아! 조금 불타오르네!"

야노의 의욕은 마에다에게도 전달된 모양이라—.

"그러게. 아무것도 하지 않는 것보다는— 그럼 나도 갈게. 쇠약해져서 도움은 되지 않겠지만."

그렇게 해서, 우리는 수업 후 10층 보스의 정찰을 나가보기로 했다.

◆◇◆

그리고, 수업 후.

반 아이들은 쇠약해져서 할 일이 없다며 빠르게 로그아웃했다.

다들 기운이 없다.

우리는 10층 보스에게 가기 위해 전송 룸 앞에 집합.

다들 각자 작은 볼일이 있다고 해서 내가 먼저 전송 룸 앞에서 대기했다.

그때, 얼마 전 『스카이 폴』을 걸고 한바탕 다퉜던 B반의 타카오카가 모습을 보였다.

저쪽에서 나를 깨닫고 말을 걸어왔다.

"여어. 너희도 쇠약 폭탄 맞고 큰일이 났다고 하던데."

어라? 지금 너희도, 라고 했나.

그럼 전설의 약체 아이템 사건은 저쪽에서도 상정 외였다는 건가?

마에다는 B반을 의심하고 있었지만, 아닐지도? 그럼 누구 짓인 거야.

“뭐야, 무시할 일은 아니잖아!”

“아, 아니 미안. 그런 게 아냐.”

“뭐, 확실히 그때는 내가 잘못했어! 너무 레어 무기여서, 조금 뜨거워졌었다고. 지금 생각해 보면 완전히 생트집이야. 정말 미안.”

손을 맞대며 고개를 숙였다. 뭐야, 그렇게 나쁜 녀석은 아니네.

게임을 좋아하는 사람 중에 나쁜 녀석은 없다고 생각하고 싶은 나로서는 조금 기뻤다.

“아니, 딱히 화나지는 않았으니까 이제 괜찮아. 그보다도 쇠약 폭탄 건은 그쪽에서도 문제가 된 거야?”

“맞아. 여덟 명이나 당해서 움직이지 못하게 됐으니까. 10층 보스를 앞두고 대폭 전력 다운이지.”

“이쪽은 거의 전멸이야. 예정했던 보스전도 중지됐으니까. 다들 텐션이 폭락했다고.”

“아아~ 그렇게 돼버렸나. 우리는 일단 남은 멤버들끼리 할 예정이지만—.”

그때, 조금 떨어진 곳에서 목소리가 들려와 카타오카의 말을 가로막았다.

"이봐요, 카타오카. 빨리오세요. 난 굼벵이는 싫어해요."

아카바네 노조미(1-B)

레벨 28　소드 댄서　스테이터스 아이콘 딱히 없음

우와, 저 아이 왠지 굉장하네.

엄청난 미인인 건 말할 것도 없다. 매끈하고 키가 큰 모델 체형. 그건 뭐 좋다.

무엇보다 직업이 아키라와 같은 소드 댄서인데, 무척 당당했다.

사람이 모이는 이 전송 룸에서 태연하게 직업 특유의 살색 의상을 입고 있는 것이다.

주변에서는 당연히 시선이 마구 모이고 있지만, 조금도 개의치 않는다.

뭐랄까, 거물 같은 느낌이 드는걸. 말투도 여왕님 같다.

"아, 네네~ 노조미 님~. 지금 갑니다~. 잠시만 기다려주세요~."

카타오카는 무척이나 기뻐하며 아부를 했다.

그걸 들은 노조미 님이란 녀석은 시시하다는 듯이 시선을 돌려서 다른 녀석과 이야기를 나눴다.

"……."

보면서 왠지 느낀 게 있었다.

애초에 왜 카타오카는 『스카이 폴』을 그렇게 원했는가?
카타오카의 도적은 『스카이 폴』을 장비할 수 없다.
지금도 『노조미님~ 못 참겠어요~ 좀 더 차가운 눈으로 봐줘요~』라는 의미 불명의 말을 늘어놓고 있습니다.
"……야, 혹시 『스카이 폴』을 쟤한테 바칠 생각이었어?"
"어, 알겠어?"
바로 수긍해버렸어! 이런 녀석이 있다니까!
온라인 게임 용어로 따지면 Queen Bee와 일벌이라는 관계다.
Queen Bee, 즉 여왕벌이라는 뜻이다.
여성 캐릭터 플레이어를 여왕벌처럼 떠받드는 녀석이 있단 말이지.
뭐든 도와주고, 레어 아이템을 바치기도 하고, 항상 옆에 붙어있다.
그러므로 일벌. 그걸 받는 여왕벌도 뭐든 도움을 받아서 이지 모드로 게임을 진행할 수 있으니까 그게 당연하다고 착각해서 플레이어 스킬 같은 건 기르지 않는다.
사실 나는 그다지 좋아하지 않는 인종이다.
순수하게 게임을 즐기는 느낌이 들지 않으니까. 솔직히 어디 다른 데서 해줬으면 좋겠다.
방금 그 아카바네가 어떤지는 모르겠지만.
그나저나 카타오카…… 너는 그런 녀석이었냐. 다시 봤지만, 잘못 봤네.

"역시 취미가 같아서 그런지 이해력이 빠르네. 같은 처지인데 트집을 잡아서 정말 미안하다고."

"뭐어?! 취미가 같다니 뭔 소리야?"

그러자 카타오카는 의아한 표정을 지었다.

"그야 너도 그 소드 댄서 아이한테 바쳤잖아? 나랑 똑같지 않아?"

"앗?!"

아뿔싸……! 신경 쓰지 않았지만, 지금의 나는 노골적으로 그렇게 보이는 건가?!

"나중에 나카타 선생님한테 들었거든. 나는 졌지만, 한 명의 여왕벌이 행복해졌으니까 그거면 되는 거 아니냐고. 확실히 그 말이 맞아……! 나는 마음이 좁았어!"

"……."

아니, 그 사람 대체 무슨 소리야!

나는 비인기 직업의 마개조에 금욕적으로 몰두하고 있을 뿐인데……!

왠지 쇼크다. 일벌 취급을 받다니……!

"아오야기였던가? 걔도 귀엽더라. 나는 뾰족한 여왕님 타입이 좋으니까 노조미 님 외길이지만."

"아니아니아니! 나는 그럴 생각이 아니었다고!"

"아~ 처음에는 다들 그렇게 말하지. 하지만 익숙해지면,

여왕벌에게 휘둘리거나 바치는 게 쾌감이 된다고? 조만간 스스로 여왕벌을 찾게……."

"안 듣고 있잖아! 현실적인 흑심을 끌어들여서 게임 세계를 부수려는 짓하고 똑같이 취급하지 말라고!"

"그건 직결충#3이지 진정한 일벌이 아냐! 나는 제대로 여왕벌을 해준다면 플레이어가 사실은 남자더라도 기꺼이 받들 거라고! 진정한 일벌은 보답 같은 걸 요구하지 않는단 말이야! 그저 여왕벌에게 휘둘리고 싶을 뿐이라고! 알겠냐?!"

응, 이 녀석 바보다. 그리고 쓸데없이 뜨겁다.

"아니…… 뭐, 네 고집은 이해했지만, 똑같이 취급하지는 마!"

"나는 렌이 일벌이라도 딱히 괜찮은데~."

"아, 아키라."

어느새 뒤에 아키라가 서 있었다.

"여어, 아오야기. 얼마 전에는 미안했어. 반성했다고."

"아, 응. 괜찮아. 이제 신경 쓰지 않으니까."

거기서 아카바네가 다시 카타오카를 불렀다.

"카타오카~! 빨리 오라고 했을 텐데요?! 언제까지 사람을 기다리게 할 셈이죠?!"

이번에는 분노 모드 같다.

그걸 봤는지, 아키라가 「으겍」 하는 소리를 내며 내 뒤로 숨었다.

#3 직결충 게임을 같이 즐기는 이성과 실제로 만나 관계를 가지고 싶어 안달이 난 인물의 유형.

왜 이러지?

"앗! 갑니다~! 죄송합니다! 그럼 난 간다. 그쪽도 힘내라고."

카타오카는 우리에게 인사를 하고 떠나갔다.

"아키라? 왜 숨는 건데?"

"아, 으~음…… 그게. 방금 재는 현실의 지인일지도……."

"아카바네?"

"우에에에엑, 역시 그렇구나아."

"인사 안 해도 되겠어?"

"됐어. 딱히 친구도 아니고. 그다지 친하게 지내고 싶은 상대도 아니니까."

학교에서 아는 사이였나?

하지만 아카바네에게서는 명백하게 상류층 아가씨 같은 뭔가가 느껴졌다.

저 아이랑 같은 학교? 그럼, 혹시 아키라도 꽤나 상류층 아가씨이기라도 한 건가?

확실히 요코하마에 산다고 했다. 엄청난 대부호라거나? 참고로 나는 도쿄.

몇 년 동안 같이 게임을 해온 친구지만 학교 이야기는 별로 하지 않았었다.

그저 드문드문 지루하다고 말했었던 것 같은데?

뭐, 그다지 좋아하는 표정은 아니었고, 깊이 파고들어서 캐묻는 건 그만두자.

나는 화제를 바꿔서 방금 카타오카에게서 얻은 정보를 공개했다.

"아, 그런데 말이지. 쇠약 폭탄을 쓴 건 B반이 아닌 것 같아. 방금 카타오카가 그랬는데, B반에도 피해자가 나와서 곤란하다고 하더라고."

"그래? 그럼 누가 한 걸까……. 으음, 그래도 지금은 범인 찾기보다는 소인원 공략을 생각하는 편이 좋겠지?"

"그렇지. B반은 전력이 줄었지만 보스와 싸운다고 했었고, 다른 반도 그럴 테니까."

그때 야노와 마에다가 이리로 다가왔다.

"타카시로~, 아오야기. 기다렸지~."

"네 명이 모였네. 그럼 바로 가볼까."

전원이 모였으니 바로 출발이다.

전송 룸을 쓰는 인원이 많으니까 잠시 순서를 기다리는 사이 파티를 맺거나 편성 작업을 했다.

참고로 직업 구성은 내가 문장술사, 아키라가 소드 댄서, 야노가 성기사(팔라딘), 마에다가 학자. 레벨은 각각 23, 23, 29, 25. 야노가 제일 높다.

"그나저나 이 짧은 기간에 용케 여기까지 레벨을 따라잡았네. 둘 다 굉장하지 않아?"

"뭐, 운도 좋았으니까. 한 달 동안 이것저것 준비한 것도 있고."

"저기, 마에다는 왜 학자로 했어?"

"아, 나도 그건 신경 쓰이던데."

야노의 성기사는 탱커의 대표니까 딱히 의문은 없다.

하지만 학자는 솔직히 비인기 직업 중 하나다. 노답스의 한 축이다.

왜 일부러 그걸 골랐을까?

혹시 나랑 마찬가지로 비인기 직업이 좋아서? 동료인가?

"현실에서 부모님이 학자를 하고 계셔서, 왠지 모르게 친근감이 들었거든."

뭐랄까, 퓨어한 대답이었다.

"헤에. 그렇구나 그렇구나."

"평판이 그리 좋지 않은 건 알고 있었지만, 선생님도 마음에 드는 걸 고르라고 말씀하셔서……."

"코토미 같은 식이면 나는 상인이 되어야 하나? 으음, 싫은데~."

"아, 집이 장사 하고 있어?"

"응응. 조그만 미용실이지만."

"헤에, 좋네! 집에서 머리를 해줄 수 있고."

"아니아니, 패션에 관해서는 취향이 안 맞아서, 항상 바깥 온리. 젊은 아이는 내추럴한 게 제일이라니 그런 건 모른다구."

"아~ 야노는 조금 노는 느낌이니까. 부모님하고 취미가 안 맞는 거야?"

"그렇다니까. 아, 유우나라고 불러도 돼, 아오야기. 나도 앗키라고 불러도 돼?"

"응. 오케이."

둘이서 미소를 나눴다.

"으~음. 나는 딱히 해당하는 직업이 없네."

우리 집, 아버지가 게임 회사 근무고 엄마가 작가란 말이지.

"나도 렌하고 마찬가지로 해당하는 게 없네."

이렇게 이야기를 나누다가 순서가 돌아왔으므로 트리니스티 섬의 마지막인 10층으로.

10층은 마을이 없고, 중앙에 결계가 덮인 구역 바깥에 게이트의 출구가 있었다.

이 안에 트리니스티 섬의 최종보스가 있는 건가. 어떤 녀석이지?

"여기서 『빛의 방울』을 쓰면 안에 들어가서 보스와 싸울 수 있는 것 같아. 타카시로, 아오야기. 어떻게 정찰할 건데?"

"일단 소인원 공략이 성립하는지 한 번 싸워서 판단하겠어. 가능할 것 같으면 한 번 더 도전해도 되고, 안 될 것 같으면 포기하고 반 아이들이 부활하는 걸 기다릴 수밖에 없겠지."

"역시 렌은 오의에 의존하니까. 그걸 몇 방 맞춰야 쓰러뜨릴 수 있는지에 달린 거 아닐까?"

"그렇게 굉장한 화력이 나와?"

"응, 굉장해! 그 대신 한 방의 화력 말고는 다 죽었지만.

준비도 엄청 귀찮고, 한 번 쓰면 무기가 부서지니까 돈 낭비도 되고."

아키라의 증언. 대부분 정답입니다.

"일단 야노가 보스의 어그로를 끌고, 내가 『데드 엔드』를 먹여서 그걸로 HP가 몇 할 깎이는지 세심하게 체크. 그게 제일일 거야."

전원이 끄덕였다.

"그리고, 한 방에 끝나지는 않을 것 같으니까, 쓸 수 있는 한 연타. 아키라에게 『검의 춤』을 받을 테니까 한 번 더 쏘겠어. 댄스의 소비 AP는 200이니까 AP를 모아야겠지만."

전용 배틀 필드에 들어가면 버프는 사라지고 AP도 0으로 스타트한다.

여기도 그렇게 되는 걸 전제로 하는 이야기다.

"그럼, 처음에는 유나와 아오야기만 보스와 싸워서 AP를 모으는 편이 낫지 않아?"

"갑자기 덮쳐오면 그럴 수밖에 없겠지. 상대가 오지 않으면 조금 기다렸다 하면 돼. 아키라는 『투신의 숨결』로 AP가 자동회복하니까."

"뭐어엇?! 부럽네?! 초기 탤런트로 무지 좋은 거 받았잖아! 나는 『습득의 증표 〈방패〉』라 의미가 없는데!"

아아, 야노는 그거였나.

나쁘지는 않지만 성기사에게는 필요 없다. 왜냐하면 원래 방패를 장비할 수 있으니까.

“최상급 클래스의 탤런트지? 조금 부럽네.”

“헤헤. 마에다는 초기 탤런트 뭐였어?”

“나? 나는 『택티컬 매직』이야.”

“아. 그것도 꽤 좋은 녀석이잖아. 마법을 쓰면 소비 MP에 따라 AP가 쌓이는 거.”

“응. 확실히 나쁘지는 않지만.”

“뭐, 그러니까, AP가 쌓인 아키라에게 댄스를 받아서 한 번 더 쏘면…….”

“『뮬그레의 비약』도 쓸 거야? 아직 쓰지 않았지?”

“상황에 따라서. 쓰러뜨릴 수 있을 것 같으면 쓸지도. 문제는 『데드 엔드』를 쏜 뒤에 내가 살아남을 수 있는지가 신경 쓰여. 2격도 쓰지 못하고 끝나버릴 가능성도 있어.”

“아~ 엄청난 대미지가 나오는 만큼 어그로도 굉장할 테니까. 게다가 HP는 1이 되고. 일단 전처럼 오의 뒤에 바로 회복은 날릴 거지만.”

아키라만이 아니라 성기사인 야노도, 학자인 마에다도 회복마법을 갖고 있다.

나 말고는 전원 회복을 가졌으니까, 꽤나 두터운 구성이라 할 수 있다.

그렇지만 한 반이 한꺼번에 덤벼서 쓰러뜨려야 하는 보스는 공격력도 장난이 아닐 거다.

"아~. 실은 내가 꽤 중요해? 타카시로한테서 보스의 주의를 돌릴 수 있느냐 없느냐에 따라 달려있어?"

"그래, 그렇게 될 거야. 가능한 한 보스의 우선 공격대상이 되어줘. 부탁해."

"오케잉. 뭐, 할 만큼 해볼게!"

"그럼, 정리하자면—."

그런 서론을 두고 내가 정리를 했다.

안에 들어가서 보스가 바로 덮쳐오지 않는다면 대기해서 아키라의 AP가 차는 걸 기다린다.

덮쳐온다면 처음에는 야노와 아키라가 싸워서 아키라의 AP를 채운다.

아키라의 AP가 준비가 되면 내가 보스에게 오의를 쓴다.

이걸로 얼마나 HP가 깎이는지 세심하게 체크한다.

그리고 아키라의 댄스를 받아서 한 번 더 오의를 쏜다.

그 후에도 아키라는 보스를 계속 때리고, AP가 쌓이자마자 댄스를 써서 내가 오의를 쏜다.

주의점. 보스의 나를 타깃으로 삼는다면 도중에 당할 가능성이 높다.

그때는 야노가 노력해서 어그로를 끌어줄 수밖에 없다.

마에다는 쇠약상태이니 상황을 봐서 회복이나 강화마법을 쓰는 정도로.

"대략적으로는 이런 느낌인가. 처음이니 빡빡한 대책을

세우는 건 무리고."

조금 흐름에 맡기는 면이 있지만 어쩔 수 없지.

"응. 그걸로 가보자!"

"오~. 두근두근하네!"

"그럼, 『빛의 방울』을 쓸게."

마에다가 방울을 꺼내서 사용하자 결계 일부에 구멍이 뚫렸다.

우리 파티는 그 구멍에 빨려 들어가서 안으로 이동했다.

순간 눈앞이 암전. 워프 후— 원형 광장에 검은 비늘을 가진 드래곤 한 마리가 머물고 있었다.

나는 광장에 머무는 드래곤을 관찰했다.

이름은— 흑룡 디아블로인가. 이거 꽤 박력 넘치네.

괴수 영화의 등장인물이 된 기분이다. 눈앞에 괴수가 있어.

머리 높이가 빌딩 3층 정도는 될 것 같다.

튼실한 몸통에, 앞발 뒷발에는 극상의 검 같은 날카로운 발톱.

거목 같은 꼬리에는 흉악한 가시가 여기저기 튀어나와 있다.

그리고 호흡할 때마다 코나 입에서 불꽃이 슬쩍슬쩍 새고 있었다.

엄청 무섭다. 그리고 강해 보인다. 터무니없는 존재감이네.

"오오…… 역시 VRMMO의 드래곤은 박력이 굉장하네!"

"우와~! 멋있다! 스크린샷 스크린샷!"

아키라는 좋아하며 카메라로 보스 촬영회를 시작했다.

"……일단 갑자기 덮쳐오지는 않는 것 같네."

사전에 버프를 거는 준비를 해볼 수 있을 것 같은 느낌이다.

"그럼, 앗키의 AP 대기해야겠네."

"응. 그럼 이 틈에 갈아입을게."

아아, 아키라는 지금까지 교복이었지.

아키라가 소드 댄서의 배틀용 장비(노출도 높음)로 갈아입었다.

"우와~. 뭐랄까……. 까놓고 말해서 에로하지 않아?"

"대, 대담하네……. 학교에서 하는 게임인데, 이건 교육상 괜찮은 걸까?"

두 사람 다 자기는 흉내 낼 수 없다는 듯한 미묘한 반응이었다.

"응. 다들 소드 댄서를 안 고르는 이유를 알았어."

"그러게…… 백문이 불여일견이네."

"우우우, 나도 싫어—. 하지만 이게 성능이 좋으니까……. 성능 좋고 노출도가 낮은 장비는 없어서……."

"아아, 미안미안 앗키. 그래도 잘 어울리기는 하거든? 앗키는 가슴도 크고, 무지 예쁘니까 귀엽다고 생각하거든? 귀엽지만—."

"응, 절대 안 좋아 보이지는 않아. 안 좋아 보이지는 않지만—."

"흉내는 내고 싶지 않아."

"응."

"우우우우우우! 렌이 하라고 해서……!"

아키라가 엄청 원망스럽게 나를 노려봤다.

"타카시로가 소드 댄서를 권했다구? 우와~ 귀축!"

"좀 더 성실한 사람인 줄 알았는데……."

"아니, 성능을 고려하면 어쩔 수 없었다고! 필연적이라고! 콤비네이션이라는 의미에서!"

그런 말을 나누면서 아키라의 AP가 풀인 300까지 찰 때까지 대기했다.

도중에 마에다가 수비력 강화 마법『프로텍션』을 전원에게 걸어주었다.

학자라는 직업은 일단 마도사의 공격계와 승려의 회복, 강화계 마법을 둘 다 쓸 수 있는 느낌이다.

물론 전부가 아니기에 상급 클래스는 무리고, 대상이 단일인 것에 한정된다.

이게 꽤나 약점이라, 대량의 적을 일제히 범위 공격으로 쓰러뜨리는 전술에는 어울리지 않는다.

범위 회복도 없기 때문에 순간적인 회복력도 뒤떨어진다.

그리고 마도사나 승려가 가진 MP 보급계 스킬도 가지지 못했다.

무기 공격도 내 문장술사급이라 약하다.

직업의 유니크 포인트로서는 학자 전용인 용언어(龍言語) 마법이라는 마법군이 있다.

다만 이건 마법 스크롤을 가게에서 팔지 않고, 용언어라 그런지 드래곤계 강적에게서만 한정 드롭된다. 요컨대 입수 허들이 높다.

그런 데다 핵심인 성능이 솔직히 별로라고 한다.

최대의 특징이 기능하지 않는다는 점에서, 열화 마도사나 승려가 될 수밖에 없다.

당연히 행선지는 비인기 직업. 노답스 입성이다.

회복을 쓸 수 있는 만큼 문장술사보다는 그나마 낫긴 하지만.

"좋아— AP 300 찼어!"

"오. 그럼 가볼까! 자 야노, 부탁한다!"

"오케이! 가능한 한 어그로를 잡을게! 맡겨두라구!"

성기사의 기본 스타일은 방패와 한손검. 어그로 획득용 도발 스킬과 회복마법을 쓸 수 있다.

회복 기술을 가진 만큼 다른 탱커와 비교해도 가장 지구력이 있고 끈질긴 것이 장점이다.

우수한 직업이라고 불리는 만큼 안정감이 있고 공격력도 꽤 된다.

우리는 야노를 선두에 세우고 흑룡 디아블로에게 접근했다.

저쪽도 우리를 감지해서 위협하듯이 크게 울음소리를 냈다.

공기가 진동하며 찌릿찌릿 떨렸다.

굉장해! 더욱 박력이 넘치잖아! 이거 자연스럽게 텐션이 올라가는데.

"역시 VRMMO의 드래곤, 엄청난 박력이네! 좋~았어, 불타오른다~!"

아키라도 나와 마찬가지로 뭔가 솟구치고 있었다.

"그럼, 간다~!"

스킬의 사정권 내에 들어오자 야노가 즉시 보스에게 도발 스킬을 걸었다.

이걸로 일단 보스는 야노를 타깃으로 삼았다.

아키라는 보스의 측면, 앞발 근처로 다가가서 『스카이 폴』로 공격 개시.

마에다는 거리를 두고 섣불리 다가가지 않았다.

그리고 나는 보스 정면에 선 야노와 측면의 아키라 중간 정도로 들어갔다.

우선 STR을 저하시키는 『디스트라 서클』을 범위 맥스로 전개.

단숨에 MP가 텅 비었다.

……좋아, 할 수 있어!

"인사 대신 한 방 먹이겠어! 다들 준비는 됐지?!"

"좋아, 렌. 해버려!"

"오케이!"

"잘 보고 있을 테니까……!"

그럼 간다!

"오의―『데드 엔드』!"

보라색의 흉악한 빛에 감싸인 칼날이 흑룡 디아블로의 거체를 휩쓸었다.

크갸아아아아! 대미지가 컸는지 흑룡은 몸을 젖히며 고통을 표현했다.

어느 정도 통했을까―? 대미지는 2148.

HP 바의 감소는?!

"25퍼센트 정도! 엄청난 대미지네……! 믿기지 않아!"

후방에 있던 마에다가 외치면서 확인. 내가 본 느낌도 비슷했다.

네 방을 꽂아 넣으면 이길 수 있을 것 같은 느낌이다. 이건 희망이 있을지도 모른다.

아키라의 댄스를 받아서 한 번 더 쓸 수 있고, 『뮬그레의 비약』이 두 개 있다.

두 방을 더 먹일 수 있다는 거다. 합계 네 방. 다 쓸 수 있으면 이긴다!

"렌, 회복!"

오의로 HP가 줄어든 내게 아키라가 곧장 『힐 스텝』을 날렸다.

동시에 마에다와 야노도 회복마법인 『엑스 힐』을 날렸다.

단번에 HP가 풀로 찼다.

드래곤은 극대 대미지를 먹어서 몸을 젖히고 있었기에 그 틈에 편하게 회복했다.

나는 그 사이에 가능한 한 드래곤에게서 거리를 벌렸다.

여기까지는 괜찮다. 문제는 이후다.

경직에서 회복된 드래곤이 나를 돌아보며 날카로운 시선을 날렸다.

역시 공격대상이 나로 바뀌었다. 그렇게나 대미지를 냈으니 어쩔 수 없다.

크오오오오오오오오오!

흑룡 디아블로는 울음소리와 함께 몸을 틀었다.

내 쪽으로 몸을 돌린 것과 동시에 초질량의 가시 철퇴 같은 꼬리를 크게 휘둘러왔다.

—이건 예비 동작이 커! 피할 수 있어!

나는 꼬리가 높이 올라간 순간에 이미 회피 행동으로 들어갔다.

쿠우우우웅!

내가 옆으로 뛰어서 구른 잠시 뒤, 원래 내가 있던 곳에 엄청난 충격이 덮쳤다.

아슬아슬한 타이밍이었다. 예비 동작이 있기는 하지만 공격속도가 빠르네!

나는 몸을 일으켜서 다시 거리를 벌리려 했으나 드래곤이 크게 한 번 울었다.

우오오오오오옹!

포효가 돌풍을 일으키자 그것에 휩쓸려 버티지 못하게 되었다.

그 틈에 드래곤이 맹렬한 속도로 내게 다가왔다.

앞발의 날카로운 발톱이 나를 향해 떨어졌다. 거체이지만 빠르다! 피할 수 없어!

『지팡이칼』의 재합성을 하지 못한 나는 맨손으로 가드하지 않을 수 없었다.

그러나 문장술사는 격투 보정이 없기에 가드해봤자 가드 성능은 원래부터 종잇장.

모처럼 극한까지 투자한 VIT도 허무하게, 가드 대미지로 HP가 절반 날아갔다.

"크으으으으…… 아프네!"

가드하지 않았다면 일격사할 수도 있었다.

하지만 이런 아슬아슬한 상황이야말로 재미있다. 텐션이

올라가는데!

줄어든 HP는 즉시 반응해준 아키라의 댄스로 회복. 역시 대단한 반응속도다.

"『검의 춤』!"

그리고 연속해서 재사용 대기시간을 초기화해주는 댄스도 날아왔다.

이걸로 다음 한 방을 쏠 수 있다. ―하지만 지금 나는 한창 드래곤의 타깃이 되어 공격을 받는 중이다.

이대로 가면 아이템 윈도우를 열 수 없어! 빨리 다음 『지팡이칼』을 보충하고 싶은데.

다음 발톱의 일격을 다시 맨손으로 가드.

쿠웅 하고 굉장한 중량감과 충격과 함께 내 HP 바가 다시 절반 가까이 날아갔다.

"타카시로! 한 발짝 물러나!"

야노가 나와 흑룡 디아블로 사이로 끼어들었다.

"『가디언 포스』!"

배후의 아군에게 날아오는 공격을 대신 맞는 스킬이다. 잠시 이 상태를 유지할 수 있다.

야노가 방패로 방어하면서 내게 오는 공격을 대신 맞아줬다.

역시 금속 갑옷과 방패로 무장한 성기사는 단단하다. 내 3분의 1도 깎이지 않았다.

그렇게 버티면서도 보스의 공격 사이를 뚫고 내게 회복도 걸어주고 있다.

아군을 회복하는 것으로도 어그로를 쌓을 수 있다. 힐 어그로라는 것이다.

성기사가 탱커로서 하는 행동은 도발 스킬만이 아니라, 이렇게 아군을 회복시켜 힐 어그로를 버는 것도 중요하다.

그리고 조금이나마 날 공격대상에서 벗어나게 해준다면—.

나는 그렇게 생각하면서도 손을 움직여 아이템 윈도우를 열고 합성 개시.

『아이언 스태프』와 『아이언 소드』를 재료로 『지팡이칼』을 생성.

좋아, 완료. 즉시 장비.

내 손에 철로 보강된 지팡이가 팟 나타났다.

"『가디언 포스』의 효과 지속 시간이 끝났어!"

"알았어!"

다음은 직접 내게 공격이 날아왔다. 지팡이로 가드. 조금 전보다 아프지 않다.

"이게! 이쪽을 돌아보라구!"

야노가 다시 보스에게 도발 스킬을 발동.

그리고 내게 회복마법. 그래도 보스는 내게 공격을 멈추지 않았다.

"『플래시 스피어』!"

야노의 한손검 아츠. 빛을 두른 검으로 펼치는 신속의 찌르기다.

176 대미지. 그러나 대미지 어그로를 추가해도. 아직도 보스는 나를 공격한다.

역시 대미지 어그로가 장난이 아니다.

일격 폭딜의 폐해다.

야노는 전력으로 힘써주고 있다. 그러나 탱커가 벌 수 있는 어그로 수치를 이미 뚫어버리고 있다.

하지만 손을 멈출 수는 없다. 빠르게 쏠 수 있을 만큼 써야 한다.

이쪽은 소인원이니까 장기전은 MP가 버티지 못한다. 승산이 점점 없어진다.

"야노!『가디언 포스』의 재사용 대기시간은?!"

내 질문에 야노가 초조한 듯이 대답했다.

"앞으로 2분!"

그렇게 기다릴 수 있겠냐.

"이대로 한 방 더 쏠게!"

나는 몇 번째인지 모를 보스의 타격을 가드하면서 선언했다.

보스의 타격과 타격 사이를 뚫고『데드 엔드』발동!

크갸아아!

다시 보스가 순간 경직. HP 바는 약 절반으로 줄었다. 힐 샤워가 날아와서 나는 체력을 완전 회복.

그러나 대미지 어그로가 더욱 증가해서 이제 보스의 타깃은 내게 완전히 고정되었다.

얻어맞는 중에는 아이템 윈도우를 열 수 없다.

이제 『가디언 포스』의 재사용 대기시간이 돌아올 때까지 가드로 버틸 수밖에 없다.

단지, 가드하더라도 내게 오는 대미지는 크다.

쇠약해진 마에다의 MP는 빠르게 없어졌고, 야노도 앞으로 조금.

아키라의 회복은 MP가 아니라 AP지만, 그것도 아슬아슬한 정도다.

어떻게든 다음 『가디언 포스』까지 버틴다면— 그리고 어떻게든 버텨냈다.

"좋아, 재사용 대기시간 돌아왔어!"

야노가 즉시 스킬을 발동해서 내 앞을 가로막았다. 갸루 팔라딘 믿음직하네.

좋아, 맞아주고 있는 이 틈에 합성이다.

그러나—.

흑룡 디아블로가 다크 브레스를 준비!

보스의 특수기였다. 목을 꿈틀대며 검은 불꽃의 띠를 방사했다.

이건 단일대상 공격기술이 아니라 범위 공격 기술이었다.

나와 야노가 그대로 말려들었다.

"우와아앗?! 우우~ 아프잖아……!"

중장비에다 방패 방어를 한 야노조차도 HP가 6할이나 깎였다.

그렇다면, 방패도 없고 로브에다 경장비인 나는—.

"뀨우."

응, 일격사. 아~ 당하면 몸에 힘이 들어가지 않게 되네…….

그리고 나는 털썩 쓰러졌다. 원, 원통하다…….

일격사를 해버렸으니 타이밍에 딱 맞춰 회복을 주던 아키라도 손쓸 방도가 없다.

"우왓?! 잠깐, 주포가 날아갔는데?!"

"아차~! 이, 이거 위험하네……!"

"큭. 여기까지야—?"

마에다의 말 그대로였다. 이후, 우리는 보스에게 한 명씩 박살나서 전멸했다.

으~음. 이건 그거다.

내 비장의 전략을 실행할 때가 온 걸지도 모른다.

돌아가면 모두와 상담해보자.

제 6 장 잡 체인지

전멸한 우리는 학원 교실로 돌아왔다.

"으~음. 져버렸네."

아키라가 아쉽다는 듯이 말했다.

"그러게. 그래도 절반 정도는 깎았으니까……. 굉장한 대미지였어."

"그 오의의 대미지를 봤을 때는 해낼 수 있을 것 같았는데—."

"미안! 가장 먼저 당해버렸어!"

나는 모두에게 손을 맞대고 사과를 했다.

"어쩔 수 없어. 그렇게나 어그로가 쏠려되었으니까. 원래 한 번은 상황을 보려고 했었고……."

마에다가 위로해줬다.

"근데, 상황을 본 결과는 어때? 다음에는 이길 수 있겠어?"

"글쎄…… 으~음. 지금 이대로라면 어려울지도."

"그러게. 대미지가 오히려 너무 많아서 내가 어그로를 거의 잡지 못했구."

"또 같은 패턴으로 당해버릴 것 같아."

야노와 아키라가 내 감상에 동의했다.

특출한 대미지를 뽑아내는 건 근사한 로망이다.

그러나 탱커의 허용량을 한참 뛰어넘으면 이렇게 된다.

예전부터 생각하던 염려가 그대로 드러난 느낌이 든다.

평소에는 탱커가 최고 어그로를 유지할 수 있는 범위 안에서 공격을 조절해주는 것이 좋은 대미지 딜러이다.

이 경우에는 자중하지 않고 이얏호~ 해버린 내 잘못이다.

단지, 이 소인원 제약은 그런 정공법으로 갔다가는 절대로 이길 수 없다.

이쪽의 회복 리소스가 바닥을 드러내서 밀려버릴 뿐.

당하기 전에 재빨리 『데드 엔드』 네 방을 꽂아 넣어서 이기는 방법밖에 없다.

그러나 대미지가 너무 나와서 네 방을 쓰기 전에 내가 당해버린다.

이거 곤란하네— 라는 게 현재 상황이다.

우리의 의견에 마에다가 시무룩해졌다.

"그렇구나……. 역시 포기할 수밖에 없나……."

공략 리더이니, 반 아이들을 위해 어떻게든 하고 싶었던 것이리라.

마에다는 책임감이 강하네.

"미안해, 마에다. 괜히 기대하게 만들어서."

"자자, 코토미는 잘못 없잖아. 기본적으로는 쇠약 폭탄을 뿌린 녀석이 잘못한 거구."

"아, 잠깐만. 지금 이대로면 어렵다는 건, 두 손 들었다는 의미가 아닌데?"

내가 여성진의 비관 무드에 찬물을 끼얹었다.

"오?! 렌은 아직 비장의 수단이 있어?!"

"진짜루진짜루?! 그럼 빨리빨리!"

"들려줘, 타카시로."

"그래. 그 전에, 다들 MEP(메리트 포인트) 몇 포인트 있어? 나는 141밖에 없는데……."

"난 465."

"나는 480이었어."

"코토미도 앗키도 굉장하네?! 머리 너무 좋지 않아?!"

입시 다섯 과목의 합산점이니까. 두 사람 다 굉장하네.

"오오~ 역시! 어떻게든 1250 확보할 수 없을까 해서. 지금은 1086이네."

목표까지는 앞으로 164인가.

"유우나는? 벌써 다 썼어?"

"아니, 쓰지는 않았지. 아껴야 하잖아? 잠깐만, 백—."

"으엑?! 잠깐……?! 엑?!"

100점대 왔다! 이건 예상 밖인데. 갑자기 이후를 듣는 게 두근두근하군.

"뭐야, 어때, 머리 좋으면 이런 패션 같은 건 안하구!"

"아니, 그건 상관없는 것 같은데……. 조금은 공부하는 게 좋아, 유우나."

"예이예~이."

개운해질 정도의 건성건성 대답이다.

"그래서, 백 얼마?"

"으음, 166이었습니다~."

"좋았어, 아슬아슬하게 닿았어!"

"타카시로. MEP 쓸 거야?"

"그래. 하나는 아이템. 『전생의 날개』. 그리고 탤런트로 『AP 한계돌파』."

『전생의 날개』가 800이고 『AP 한계돌파』가 450이었을 거다.

MEP는 플레이어간에 양도할 수 있다.

여유가 있는 사람은 1포인트에 얼마 정도로 다른 플레이어에게 팔기도 한다.

일단, 전원의 양을 모으면 괜찮겠다.

"『AP 한계돌파』는 나?"

"그래. 한계돌파를 달면 AP 상한이 1.5배인 450이 돼."

"『검의 춤』을 두 번 쓸 수 있어?"

역시 눈치가 빠르네.

"맞아맞아."

"전생의 날개는…… 잡 체인지용 아이템이지?"

"맞아. 경험치를 이어받아서 직업을 바꿀 수 있는 녀석이야. 지금은 레벨 초기화 같은 걸 할 때가 아니니까, 직업을 바꾸려면 이것밖에 없어."

이 게임에서 직업을 바꾸는 건, 실은 꽤 허들이 높다.

전직 자체는 간단한 퀘스트로 할 수 있다. 그러나 레벨이 1이 되어버린다.

게다가 원래 했던 직업으로 다시 돌아가려 해도 레벨 1부터.

즉, 직업을 바꾸는 건 다시 말해 경험치를 모조리 리셋해버린다는 소리가 된다.

다시 1부터 레벨 업을 해야 하니까 그만큼 시간을 잃어버린다.

상당한 용기가 필요한 결단이다.

이 MEP 800으로 사는 『전생의 날개』는, 원래 직업의 경험치를 그대로 이어받아 다른 직업으로 바꿀 수 있다.

물론 좋은 아이템인 건 틀림없다. 그러나 그만큼 비싸다. 800이니까.

평균 80점이라도 정기 시험 2회분이다.

"누구를 뭘로 바꿀 건데?"

"응. 야노가 공적을 해줬으면 해서."

아키라에게도 추천했던 제2후보 직업. 뭐, 노답스의 일원이기도 하다.

간단히 말하자면 도적과 비슷한 도적계 직업으로, 도적이 경전사계라 DEX나 AGI가 높은 것에 비해 공적은 파워계라 STR이나 VIT가 높다.

다루는 무기는 총과 기계궁.

비공정이 있는 세계관이니까, 메카닉 같은 것에 자세한 이미지인 것 같다.

그러나 총과 기계궁의 위력은 STR에 의존하지 않는다.

스테이터스적인 장점이, 장비 계통과 맞물리지 않는 거다…….

그리고 총과 기계궁은 탄환이나 화살을 소비한다.

도적에 비해서 러닝 코스트가 높은 것도 단점이다.

도적과 마찬가지로 적에게서 아이템을 훔칠 수 있으니 그건 좋다.

하지만, 그럼 도적을 쓰면 된다는 말이 나오기 십상이다.

또한 도적은 『스케이프 고트』를 써서 탱커의 어그로 유지를 도와줄 수 있다.

공적에게는 『스케이프 고트』가 없다.

뭐, 수많은 직업이 있는 만큼 햇살을 보지 못하는 직업이 있는 것도 어쩔 수 없다.

이런 존재도 필요하다. 패배자가 없다면 승자가 이길 수 있는 상대가 없으니까.

단지, 이런 노답스의 일원이라도 내 문장술사와의 상성은 좋다. 틀림없다.

“내가아? 탱커 필요 없어? 뭐, 어그로는 못 잡았지만.”

“아니, 탱커야. 공적만이 내 어그로를 넘어설 수 있거든.”

대체로 모두가 인식하는 탱커는 성기사, 중기사, 격투가 세 개다.

회복마법도 쓰고 자체해결 능력이 높은 성기사.

순수하게 가장 튼튼하고 범위 도발 스킬을 가져서 난전에 강한 중기사.

HP가 높고 회피 업 기술이나 카운터 기술로 공격을 피하기 쉬운 격투가.

이런 느낌으로 각각 특징이 나뉜다.

단지, 이 세 직업 중 무엇을 쓰더라도 『데드 엔드』로 정신 나간 대미지를 뽑아내는 로망포를 상대로는 어그로를 뺏지 못할 거다.

요컨대 통상적인 탱커와는 상성이 최악이라는 거다.

그럼 다른 방식의 파티 구성을 시도해볼 수밖에 없다.

"렌. 공적이 어떻게 어그로를 잡는데?"

"응. 『길티 스틸』이 있잖아?"

"그게 무슨 효과인데?"

야노가 고개를 갸웃할 정도로 마이너한 스킬인 것 같다.

비인기 직업의 고유 스킬은 다들 별로 의식하지 않나.

나는 비인기 직업을 사랑하는 자로서 노답스의 스펙을 제대로 파악하고 있다.

"아군의 어그로를 훔쳐."

"호호오?"

"아…… 그러고 보니 그런 게 있었지."

"으음, 어디어디……. 『길티 스킬』, 재사용 대기시간 3분. 아군 한 명의 어그로를 훔쳐서 자신의 것으로 삼는다. 그러나 이것을 탱커에게 써도 방해만 되고, 용도는 갑자기 어그로가 높아져서 타깃이 되어버린 힐러를 보호하기 위해 긴급회피로 어그로를 뺏는 정도. 파티 플레이는 기본적으로 탱커가 메인 타깃인 상태를 유지하는 것이 대전제. 이 스킬은 쓰지 않는 게 좋은 스킬. 그래서 D평가."

아키라가 가이드북을 열고 낭독했다. 뭐, 기본적으로는 그렇다.

탱커에게 어그로를 몰아주는 『스케이트 고프』를 가진 도적에 비해, 공적이 가진 것은 이 『길티 스틸』이다.

이것도 도적보다 평가가 낮은 이유다.

『스케이프 고트』는 탱커를 도와줄 수 있는 데다 대미지 보너스도 있다.

『스케이프 고트』가 확실히 B평가였으니까, 뭐 이게 동격일 리는 없다.

파티가 반파했을 때라든가, 그럴 때 잘 쓰면 재정비 시간을 버는 데 도움을 주겠지.

하지만 반대로 말하면 파티가 반파되었을 때 말고는 빛나지 않고, 사용자에게 잘 써야 할 때를 판단하는 기량을 요구한다는 뜻이다.

진정한 우수 스킬이란 항상 도움이 되고, 그러면서도 일단 써두면 OK 같은 간편함을 겸비하고 있다. 이런 게 A나 B 같은 평가를 받는다.

"가이드북에는 그렇겠지. 하지만 우리 파티에는 S평가야. 이거라면 내게서 바로 어그로를 뺏을 수 있으니까. 야노도 초기 탤런트가 『습득의 증표 〈방패〉』잖아? 그러니 방패를 장비할 수 있어서 튼튼함도 성기사보다 그리 크게 떨어지지는 않아."

방금 보스전에서의 큰 문제는 내게 어그로가 너무 집중되어서 먼저 당해버린 것이다.

나보다 더욱 튼튼한 야노가 어그로를 가져가 서 보스의 공격을 대신 받아주었다면, 버티고 있는 사이에 내가 오의를 좀 더 쓸 수 있었을 거다.

공적이 『길티 스틸』을 써주면 그 흐름을 가져갈 수 있을 것이다.

"우선 처음에 내가 『데드 엔드』를 써. 그리고 야노가 『길티 스틸』. 보스의 공격 목표는 야노로 변경. 그리고 아키라는 야노에게 『검의 춤』. 나는 『뮬그레의 비약』 하나를 써서 두 번째 오의. 야노가 한 번 더 『길티 스틸』. 그리고 내가 두 번째 비약을 써서 세 번째 오의. 이때, 야노는 이미 오의 두 번 만큼의 어그로가 쌓였으니까 보스가 내 쪽을 보지는 않을 거야. 마지막으로 내가 아키라의 『검의 춤』을 받아서 네 번째 오의를 먹여. 종료! 이런 느낌이야. 이거라면 꽤 안전하게 네 번을 쓸 수 있을 것 같지 않아?"

"……으~음. 그렇게 한 번에 쫘악 설명하면 이해하기……어려운데—."

야노는 조금 곤란한 표정.

"—괜찮을 것 같아!"

"응! 괜찮네!"

"아앗, 얘네들 이해력 빨라?!"

"괜찮아. 유우나는 타카시로가 오의를 쏘면 바로 스킬을 쓰기만 하면 돼. 그걸 두 번 하고, 나머지는 버티기만 할 뿐이야."

"문제는, 모두의 MEP를 대부분 써버릴 거고, 야노는 직업까지 바꾸게 될 거야. 성기사로 돌아가고 싶어도 어려워질 거고— 그렇게까지 해서 이걸 하고 싶은지가 문제겠네. 어쩔래? 물론 나는 상관없어."

"나도 전혀 상관없어."

아키라도 수긍했다.

그렇지만 이걸 했을 때 잃어버리는 게 많은 건, 마에다와 야노다.

마에다는 480이나 있는 MEP를 전부 써서 수중에 아무것도 남지 않는다.

야노는 강제 전직.

성기사가 마음에 들었던 것 같은데, 그걸 억지로 바꾸는 거니까.

"문제없어. 그걸로 반 아이들 모두의 노력이 헛되이 되지 않는다면, 해보자."

"으음. 뭐, 그걸로 코토미의 도움이 된다면 나도 괜찮아."

"유우나. 고마워."

"자자. 신경 쓰지 마 신경 쓰지 마."

마에다도 성실하고 책임감이 강한 착한 아이인 것 같지만, 야노도 겉보기와는 다르다고 말하면 실례일지 몰라도 착한 아이네. 뭔가 포용력이 있다고나 할까. 노는 애지만.

"그럼 정해졌네. 서둘러 준비하자! 다른 반이 보스를 쓰러뜨리기 전에 추월하겠어!"

MEP 교환용 창구는 학원 안에 있다.

우리는 달려서 창구로 향했다.

◆◇◆

그리고 다음 날 아침 HR—.

"자~ 게임 바보들아. 좋은 아침~!"

평소와 같은 텐션의 선생님이 찾아왔지만 반의 분위기는 어둡다.

전설의 쇠약 폭탄 쇼크가 아직 이어지고 있는 것 같다.

"자, 주목. 모두에게 전달사항입니다~. 어제, 반 대항 미션의 우승 반이 정해졌습니다~."

그렇게 말하며 반을 돌아보던 선생님과 내 눈이 마주쳤다.

선생님은 씨익 장난기 넘치는 미소를 짓고 있었다.

"우승은 E반! 우리 반입니다~! 다들 축하해~!"

""""네에에에에에엣?!""""

반 전체가 깜짝 놀랐다.

"그래도 다들 쇠약이었잖아……?"

"무슨 일이 있었는데?!"

"뭔가 착오인 게—?"

"응응, 뭐 그렇게 생각하겠지. 실은 타카시로, 마에다, 야노, 아오야기 네 명이서 10층 보스 격파에 성공한 거랍니다!"

뭐, 선생님의 말대로— 그 후에 서둘러 한 번 더 준비해서 보스에게 재도전했더니, 노림수가 그대로 맞아떨어져서 격파할 수 있었다.

내가 다른 일행에게 설명한 상정 시퀀스대로 되었다고!

어이없을 정도로, 실로 매끄럽게 『데드 엔드』 4연타로 끝나버렸다.

4연타석 홈런, 즉 상대는 죽었다는 거지!

역시 그거다. 싸움이라는 건 준비로 정해지는 거다. 준비가 중요. 고안하는 것도 중요.

"뭐!? 진짜야?!"

"굉장해에에에에!"

"이 녀석들아! 몇 명이서 잡았든 이 승리는 반 전원의 승리야! 따라서 전원에게 보너스가 갑니다~! 탤런트칸을 참조~!"

오오? 아, 탤런트 리스트에 『매직 인게이지』라는 게 추가됐다.

아마 같은 『매직 인게이지』 소유자끼리 합체마법을 쓸 수 있게 되는 효과다.

오의를 에디트할 수 있는 『스킬 체인』의 마법판이라고 생각하면 된다.

"물리 직업인 아이에게는 『스킬 체인』, 마법 직업인 아이에게는 『매직 인게이지』가 지급됩니다~. 리스트에 나오지 않은 아이는 말해줘."

합체마법이라. 로망이 넘치는 말이다. 어떤 느낌일지 다음에 검증해보자.

"마에다, 고마워!"

"우리는 포기했지만, 마에다는 포기하지 않았던 거구나!"

"역시 리더, 믿음직하다니까!"

다들 입을 모아 말했다.

"감사라면 나보다도 타카시로에게 해줘. 작전을 세워준 건 타카시로니까."

마에다는 그렇게 말하면서도 기뻐 보였다.

응, 다행이네. 나를 보살펴줬던 은혜는 갚은 것 같다.

“그리고 이건 보스를 격파한 네 명뿐이지만, 다음 반 대항 이벤트까지 우승 플래그가 캐릭터 아이콘에 붙게 됩니다~.”

오오, 진짜네. 어느새 옆자리에 있는 아키라의 간이 스테이터스에 깃발 아이콘이 있잖아.

“이게 붙어있으면 상점 가격이 싸지거나, MEP 교환 비율이 싸지거나, 공짜로 비공정이나 기룡을 탈 수 있거나, 몬스터의 드롭률이 올라가는 등, 시스템적으로 이런저런 메리트가 있습니다~.”

흠흠, 그렇군. 그래도 우리는 MEP가 텅 비었으니까. 조금 아쉽다.

그래도 드롭률 상승은 기쁘다.

『지팡이칼』의 소재를 모으려면 항상 필요하니까.

준비에 드는 수고가 편해지겠는걸?

“마지막으로 이번 이벤트의 MVP를 발표합니다~. 자, 타카시로 앞으로! 다들 박수!”

오오? MVP 같은 것도 있나. 게다가 나잖아!

짝짝짝!

모두의 박수 속에서, 나는 조금 쑥스러워하며 교단으로 갔다.

선생님은 작은 목소리로 귓속말을 보냈다.

"이야~ 덕분에 살았어. 고마워. 그대로 갔다가는 반 분위기가 최악인 채로 뿔뿔이 흩어졌을지도 모르거든. 그런 불합리한 사고였으니까."

"누가 했는지는 모르는 건가요?"

"그게 잘 보르겠어. 억지로 말하자면, 아무도 하지 않았다는 걸 알게 됐다는 느낌? 서버 로그를 쫓아가 보니까, 갑자기 떨어진 걸로밖에 보이지 않더라. 원인불명이야. 뭔가의 버그일지도 몰라. 계속해서 조사하고 있어."

"아, 네."

결국 쇠약 폭탄의 출처는 모르는 건가. 이겼으니까 딱히 상관없지만.

확실히 아까 분위기가 계속됐으면 나중에까지 영향을 줬을지도 모른다.

"자! 그럼 MVP의 상품입니다~!"

선생님이 짝! 손뼉을 치자 공중에 작은 그림자가 나타났다.

뀨~뀨~뀨~!

뭔가 귀여운 소리가 들렸다.

강아지 정도 사이즈의 새끼 드래곤이었다.

얼굴이 왠지 마스코트처럼 귀여운데.

작은 날개를 파닥거리며 내 머리 위를 빙글빙글 날고 있다.

"네 전용 수호룡이야. 지금은 아이지만, 점점 성장할 거야. 성장하면 배틀의 도움도 될 테니까 소중하게 길러줘. 먹이를 줄 수도 있으니까."

"뀨~뀨~!"

좋아하며 내 어깨 위에 착지했다.

귀, 귀엽다……. 이건 기쁜데! 이런 육성 요소는 나도 좋아한다고!

배틀에도 도움이 된다니까 육성해보는 것도 괜찮을 것 같다.

"이름 같은 건 마음대로 지어줘도 돼. 네 육성에 따라 이 아이의 성격도 변하게 되어 있어."

"네! 감사합니다."

으~음. 어떤 식으로 자랄지 기대된다.

"자, 그럼 아침 HR은 끝입니다~! 다들 수업 힘내."

선생님이 교실을 나가고, 내가 자리로 돌아오자 아키라가 새끼 드래곤을 보고 좋아했다.

"우와~ 귀엽다! 저기저기, 렌은 애한테 무슨 이름을 붙일 거야?"

"응? 으음, 글쎄. 성장시키면 배틀에도 도움을 준다고 하니까. 즉, 내게는 용병…… 용병—?"

"안 되거든. 프로야구의 외국인 용병 이름 같은 건 안 돼."

차가운 눈으로 쳐다보고 있었다. 들켰나!

"으음, 그럼 어떻게 할까."

"역시 그걸로 하려고 했구나……."

"뭔가 좋은 이름 없어?"

"아, 내가 생각해도 돼? 그럼 역시 강해졌으면 하니까, 강해 보이는 이름이 좋을 것 같아. 할루크라든가 조라든가 엘버린이라든가!"

"아니, 그건 나랑 별 차이 없잖아."

원래 얘는 다른 노멀 온라인 게임에서는 우락부락한 수인 캐릭터 애호가였으니까.

기대한 내가 잘못이지.

"안 돼. 이렇게 귀여우니까, 귀여운 이름을 붙여줘야지."

"오오, 마에다."

"저기, 타카시로. 이 아이를 좀 안아봐도 돼?"

"응? 좋아. 여기."

"고마워. 얘, 이리 온, 이리 온."

마에다가 손짓하자 새끼 드래곤은 순순히 응하며 얌전히 안겼다.

"뀨뀨뀨~!"

아, 뭔가 좋아하고 있네. 너, 여자아이가 좋은 거냐? 수컷인가?

그래도 뭔가 마에다도 그 이상으로 기뻐하는 것 같다.

"아아아아아! 귀, 귀여워……! 좋겠다 좋겠다— 나도 갖고 싶어 갖고 싶어 갖고 싶어……."

엄청나게 원망스럽게 나를 쳐다봤다.

꽤나 쿨하다고 생각해왔는데 귀여운 것에는 약한 모양이네.

뭐랄까, 열기라거나 압력 같은 게 느껴지는걸.

"어, 어어— 이런 걸 좋아해?"

"응. 집에서 애완동물 같은 건 못 기르니까, 옛날부터 동경해서……."

"그럼 선생님한테 마에다에게 양보할 수 없나 부탁해볼까? 왠지 마에다가 제일 이 녀석을 사랑해줄 것 같은 기분이 든다고나 할까……."

"그건 좋지 않아. 타카시로가 MVP인 건 나도 납득하고 있으니까, 이 아이는 타카시로의 아이여야 해. 그래도 왠지 첫눈에 반해서……. 수호룡을 입수하는 다른 방법이 있다면—."

"글쎄. MEP 교환 리스트에도 없었는데."

"가이드북에도 실려있지 않았어. 엄청 레어인 건가?"

아키라가 가이드북을 팔랑팔랑 넘기며 말했다.

"선생님에게 물어보면 좋았을걸."

"아, 그러게. 나중에 물어볼까."

"뭔가의 퀘스트 보수라든가, 레어 몬스터 드롭일지도 몰라. 입수방법을 알면 얻는 거 도와줄 테니까, 같이 가자고?"

"고마워! 약속이야. 타카시로가 와준다면 든든해!"

마에다는 애완동물 관련이 되니 평소보다 표정이 부드러워지는구나.

순수하게 기뻐하는 미소가 왠지 귀여웠다.

"그런데 마에다는 이 녀석의 이름으로 뭐가 좋을 것 같아?"

"글쎄…… 미캉, 멜론, 이치고— 라는 건 어때? 귀엽다고 생각하는데."

"과연…… 팬시하네."

으~음, 그래도 왠지 약해 보이는데…….

장래 울퉁불퉁한 드래곤이 되면 미캉도 조금 그렇지……. 나는 마음속으로 기각했다.

"요 녀석 요 녀석 요 녀석."

"뀨뀨~!"

야노도 이리로 다가와서 마에다가 안고 있는 새끼 드래곤을 찔렀다.

"야노는 뭔가 좋은 이름 떠오르지 않아?"

"으응? 용이니까 류[#4]라든가 류류라든가 대충 하면 되지 않아?"

"유우나, 그냥 그대로네……."

"그게 좋기도 하고. 알기 쉽잖아."

"오오. 류가 좋을지도! 그냥 그대로이긴 해도, 심플 이즈 베스트라고 하니까."

"오? 해냈다, 채용됐네."

"그럼 오늘부터 너는 류야! 잘 부탁한다, 류!"

"뀨~!"

왠지 끄덕인 것 같은데. 마음에 든 건가?

#4 류 용의 일본어 발음은 「류」이다.

강한 드래곤으로 길러줄 테니 잘 부탁한다! 류!

제 7 장 우리만의 길드를 만들자!

"흥흐~응♪ 흐흐~응♪"

나는 아키라의 기분 좋은 콧노래를 들으면서 레저 시트 대신 깐 융단에 누워있었다. 옆에는 수호령 류가 몸을 말고 자고 있다.

키가 큰 나무 틈을 타고 들어오는 빛이 따스해서 졸음이 온다.

마치 일광욕을 하는 것 같다. 무척 리얼하지만 이것도 게임 안이다.

이곳은 정령수(精靈樹)의 숲. 그 안에 있는 작은 옹달샘 옆에서 이렇게 쉬는 중이다.

가이드북에는 경치가 좋은 곳도 몇 군데 소개되어 있었다.

몇 군데 돌아보기로 해서 이 정령수의 숲에 와 있다.

차분하고 예쁜 곳이네.

반 대항 미션이 끝나자 선택할 수 있는 비공정의 항로가 꽤나 늘어났다.

그렇다면 절경 마니아인 아키라가 이곳저곳 돌아보고 싶어! 라고 말하는 게 너무나 필연적인지라, 나도 당연하게 그것에 어울려주는 중이었다.

웬일로 아키라가 차와 과자를 준비한다고 해서 나도 얌전히 기다리는 중이다.

차와 과자는 요리 합성 스킬로 만들 수 있다.

아키라는 그다지 합성에는 흥미가 없는 파였을 거다.

그런데도 흥미를 가진 이유는, 게임 안의 요리가 정말로 맛이 나는가? 그게 궁금했던 모양이다.

어떤 건지 만들어보고 싶었던 것 같다.

나도 요리는 해보지 않았으니까 첫 체험이다.

"렌도 조금만 기다려. 금방 다 되니까."

합성 도구? ―에 해당하는 간이 부엌 세트 앞에 선 아키라가 이쪽을 돌아보며 싱글벙글 웃었다.

"오오, 알았어. 조바심 내지 말고 천천히 해도 돼."

누워있는 내 각도에서는 요리를 하는 아키라의 뒷모습이 보인다.

마침 아키라가 프라이팬의 불 조절을 보기 위해 고개를 숙이자, 절대영역? 이라는 게 힐끔힐끔 보였다.

소드 댄서 장비에 앞치마를 걸치고 옷자락이 짧으니까 정말로 아슬아슬하다.

와~아. 멋진 경치네…….

어째서 소드 댄서 장비인지는 신경이 쓰이지만 일부러 지적할 필요는 없지.

하지만 진짜 현실이라면 이렇게 당당하게 볼 수 없을 것

같기도 하네.

게임 안이라는 걸 알고 있기에 평범하게 즐길 수 있다. 반쯤 캐릭터로서 보기 때문인가?

게다가 의상이 판타지라서 그런가. 봐도 된다는 기분이 든다.

"여기는 조용해서 좋네♪"

여기에 도착하고 나서는 다른 사람도 전혀 없기에 대절한 상태였다.

"그러게. 요즘 주변이 소란스러웠으니까. 진정되네."

반 대항 미션이 끝나고 일주일이 지났다.

나는 연이어서 찾아오는 길드 스카우트에 시달리고 있었다.

반 대항 미션 종료와 함께 1학년도 길드에 소속되는 것이 해금되었다.

길드는 이 학교에서 부활동에 해당하는 것이다.

현실의 부활동이 그렇듯이, 유망해 보이는 신입생은 어디서든 원한다.

내가 말하기는 좀 그렇지만, 반 대항 미션의 우승 아이콘이 달린 데다 MVP의 증표인 수호룡을 데리고 있는 나는 한눈에 알아볼 수 있는 유망주이다.

기대의 신인. 골든 루키. 다수의 구단이 경합하는 드래프트 1순위라는 느낌?

그렇기에 신입부원 획득에 열을 내는 길드 선배들의 스카우트가 마구 몰려오고 있었다.

"요즘은 매일 그렇잖아. 나한테도 꽤 스카우트가 왔지만, 렌은 류가 딸려 있어서 더 눈에 띄니까."

"말을 걸어주는 건 뭐 기쁘긴 하지만. 그래도 다들 내 직업을 보고 엥, 하는 표정을 짓는다니까. 뭔가 착오 아니냐면서."

"문장술사는 세간에서는 노답스의 왕이니까."

"그걸 보면 왠지 미묘한 기분이란 말이지. 노답스 제한 길드가 있었다면 흥미가 갔겠지만……."

"글쎄…… 있을까?"

우리가 이렇게 관광 스팟 순회를 하는 이유는 떠들썩한 주변에서 조금 거리를 두기 위해서다. 조금 차분하고 느긋하게 보내고 싶을 때도 있다.

"좋아, 다 됐다~."

아아, 나의 슈퍼 눈호강 타임이 끝나버렸다.

아키라가 쟁반에 접시와 찻잔을 올리고 찾아왔다.

"기다렸지~♪ 자, 어서 먹어."

접시에 올라간 것은 팬케이크였다.

썰어놓은 과일과 생크림으로 토핑.

"오오, 괜찮은 느낌이네! 맛있어 보여!"

"『과일 팬케이크』래. 아직 요리 스킬이 낮아서 이 정도밖에는 못하지만."

"충분해 충분. 그럼, 잘 먹겠습니다~!"

"응."

덥석.

“오오! 달아! 맛있어! 정말로 이거 맛이 나는데!”

“정말이네. 식감도 제대로 팬케이크야. 굉장해~!”

하지만 우물우물 씹다가 막상 삼키자, 배에 들어가지 않고 스윽 사라지는 느낌이 났다.

역시 진짜로 배를 채워주지는 않나. 맛을 즐기는 거네.

“아아, 그렇군. 삼키면 사라지는 느낌이 드는데.”

“그 한 걸음 직전까지는 완전히 실사 같은 느낌이네, 이거.”

“그러게. 수수께끼의 기술력이네. VRMMO 굉장해.”

나도 아키라도 감탄만 나왔다. 평범한 온라인 게임에서는 절대 맛볼 수 없는 감각이다.

“요리를 만드는 과정도 엄청 리얼했어. 슈퍼 리얼 소꿉놀이라는 느낌? 왠지 현실의 요리 스킬도 자연스럽게 올라갈 것 같아.”

“사소한 부분에서 이상하게 공을 들였네, 이 게임.”

“나는 리얼해서 괜찮다고 생각해. 보통 요리 같은 건 못 하게 하거든.”

못 하게 해? 어째서?

나는 집에서 요리 같은 걸 하면 고맙다며 엄마가 좋아하는데.

아, 혹시 엄청 맛없게 한다든가?

“못 하게 한다니, 어째서?”

내가 물어보자 아키라는 신기하다는 듯이 눈을 깜빡거렸다.

"아, 렌이 내 현실에 흥미를 느껴줬네. 흥미 없는 줄 알았어."

"어? 아니, 그렇지는……."

"그치만 렌은 줄곧 게임 이야기만 했었잖아? 항상 마개조하고 검증하고 제약 공략 이야기만 했다고. 뭐, 그건 그것대로 즐거웠지만."

"아니, 사생활에 너무 파고드는 것도 미안한 것 같아서."

"실은 여자아이였다는 최대의 비밀을 스스로 폭로한 거니까 이제 와서 숨기고 싶은 것도 없고, 사양할 필요 없는데?"

"그런가?"

"응. 물론 사람은 고르지만. 렌은 특별하니까."

우와. 조금 수줍은 미소가 엄청 귀엽다.

"아, 내가 집에서 요리를 못 하는 건에 대해서였지?"

"응."

"그럼, 뭐라고 생각하나요?"

"엄청 맛없게 해서!"

"뿌뿌~! 정답은 우리 집 주방장한테 일을 빼앗지 말아 달라는 말을 들어서입니다."

"뭐라고?! 집에 전속 주방장이 있어?!"

"응. 뭐, 일단 세 명 정도."

"헤에…… 실은 꽤나 부잣집 아가씨였던 건가……."

전부터 그런 예감은 들었지만 맞았던 것 같다.

하지만 나는 그 아가씨한테 뭔가 여러모로 곤란한 일을 해왔던 것 같은데.

절대영역을 뚫어져라 쳐다보며 좋아할 때가 아니었나……?

"평범하게 보면 그럴 거야……. 옛날부터 있었던 화족(華族) 가문이래."

그러나 아키라는 그다지 좋아하는 표정은 아니었다.

"화족이라니…… 으음?"

"메이지 시대의 귀족 계급을 말해."

"호오……."

"아빠랑 오빠는 회사를 경영하고 있고. 할아버지는 국회의원."

"우왓, 엄청나?! 진정한 상류층 아가씨네……."

"그래도, 나를 온실 속 화초로 키우려고 한다니까. 엄청 과보호해서 자유롭게 외출도 못하고, 살아가는 게 엄청 답답해!"

아~ 뭐, 소중한 딸이라는 거겠지. 분명.

그곳에는 일반인이 모르는 세계가 있는 거다.

"그래도 게임이라면 마음대로 어디든 갈 수 있고, 자유롭게 모험도 할 수 있잖아? 그래서 게임은 즐거워. VRMMO라면 현장감도 굉장하니까 더더욱 그렇고."

"아키라가 절경 마니아가 된 것도 그런 이유였던 거구나."

지금 밝혀진 진실이다.

"그렇다니까! 게다가 렌하고 같이 하면 즐거워. 내가 다니던 학교는 아가씨 학교였으니까 말이야. 다들 솔직하고 착한 아이였지만, 그냥 주변을 따르며 만족할 뿐이라는 느낌이라 지루했거든. 아무튼 변화가 없었어."

"왠지 시간만 평온하게 흘러간다는 이미지네."

"응, 그런 느낌. 그래도 렌은 그렇지 않잖아? 일부러 지뢰를 밟으러 가고, 마개조니 뭐니 하며 남들하고 전혀 다른 일을 하려고 하잖아? 다음에 뭘 할지 모르니까 읽을 수가 없어서 무척 신선해. 그래서 줄곧 즐겁게 친구로 지낼 수 있었던 것 같아."

그런 식으로 보고 있었나.

오랫동안 친구였지만, 직접 얼굴을 맞대고 이야기하지 않으면 모르는 일도 꽤 많구나.

이것도 게임 안이긴 하지만, 뭐 지금은 아무래도 좋다.

"나는 그렇게 깊게 생각하지 않고 즐겁게 하고 있었을 뿐인데……. 마음도 맞고 좋은 녀석이라고 생각했을 뿐이야. 왠지 붕 뜬 것 같아서 미안하네."

"괜찮아. 렌은 기본적으로 게임 바보니까. 열중하면 주변이 안 보이는 타입."

"하핫. 뭐, 그럴지도."

부모님한테 자기가 좋아하는 거라면 철저하게 파고들라는 말을 들으며 자랐으니까.

"그래도 게임에 대한 고찰이나 논리는 굉장하니까, 그냥 바보인 것도 아니고. 뭐랄까— 그래, 머리가 좋은 바보네?"

"칭찬하는 것처럼 보이지 않는데……."

"칭찬이야 칭찬. 6대 4 정도."

"우왓, 미묘해."

"후후후. 아~ 내 이야기를 했더니 개운해졌어!"

아키라는 앉은 채로 쭈욱 기지개를 켰다.

나무 틈으로 내려오는 햇살이 따스해서 기분 좋은 느낌.

왠지 하품이 나왔다. 조금 졸리다.

"렌, 졸려 보이네. 아무도 없고 급하게 할 일도 없으니까, 낮잠이라도 잘래?"

"아~ 그것도 괜찮네."

게임 내에서 평범하게 자더라도 딱히 문제는 없다.

현실의 오후 열 시에는 강제 로그아웃되긴 하지만.

일단 우리는 누워서 낮잠 모드에 들어갔다.

가끔은 이렇게 빈둥거리는 것도 나쁘지 않다.

◆◇◆

"죄송합니다. 모처럼 말을 걸어주셨지만, 흥미가 없어서요—. 이만 실례합니다."

나는 말을 걸어준 선배에게 고개를 숙이고 목적지를 향해 걸었다.

후우…… 이게 오늘만 벌써 몇 번째지.

"뀨?"

내 머리 위 마운트 포지션에 진을 치고 있는 류가 들여다봤다.

"아아, 괜찮아. 아키라가 기다리고 있으니 빨리 가야지."

내가 간 곳은 학원 안에 있는 합성 룸이었다.

기본적으로 게임 내 합성은 어디서나 가능하다.

단, 이 합성 룸은 배치된 NPC가 합성 성공률을 조금 올리는 서포트를 해주고, 합성 레시피의 정보를 알려주기도 한다.

"렌, 늦어~."

안에 들어가자 이미 아키라가 기다리다 지쳤다는 표정을 짓고 있었다.

"미안 미안. 또 권유를 받아서. 자, 합성을 할까? 재료는 준비했지?"

"응! 잘 부탁해!"

아키라가 『정령은(精靈銀)』두 개, 그리고 『스틸 잉곳』을 내게 건네줬다.

『정령은』도 『스틸 잉곳』도 좋은 소재다.

조만간 대량으로 모아서 내 『지팡이칼』도 버전 업하는 의식이 필요하겠군.

일단 지금 하는 건 『스카이 폴』의 강화다.
내 합성 스킬로는 아마 아슬아슬할 거다.
하지만 이 합성 룸의 서포트는 합성 실패 때 지정한 한 종류만큼은 소재가 소멸하지 않는다는 효과가 있다.
그걸 추가해서 『스카이 폴』을 보호하며 시도하는 거다.
『정령은』이나 『스틸 잉곳』이 사라지면 미안하다는 걸로.
바로 방에 있는 NPC 누님에게 부탁해서 합성 서포트를 받았다.
"좋아, 해보자."
나는 아키라에게서 『스카이 폴』을 받았다.
"선생님. 잘 부탁합니다."
아키라는 무릎을 꿇고 정좌하며 지켜봤다. 류가 그 머리 위에 올라갔다.
합성 개시. 손을 이리저리 움직이며 작업을 반복했고―.
도중에 실패할 뻔했지만, 어떻게든 성공했다.
그럼 결과에 대해서. 자, 사용 전.

스카이 폴 (O)

종류 : 한손검　장비 가능 레벨 : 10

공격력 : 20　획득 AP : 12

가드 성능 : 44　가드 브레이크 성능 : 51

특수성능 : HP 100%일 때, 검이 충격파를 발한다.

그리고 사용 후.

스카이 폴+1 (O)
종류 : 한손검　장비 가능 레벨 : 25
공격력 : 39　획득 AP : 14
가드 성능 : 56　가드 브레이크 성능 : 64
특수성능 : HP 85% 이상일 때, 검이 충격파를 발한다.

"좋았어, 성공!"

"오오! 나이스, 렌!"

"뀨~뀨~!"

류도 짧은 손으로 기특하게 손뼉을 쳐줬다. 은근히 기쁘다.

"겉보기에는 변함이 없지만, 순수하게 공격 성능이 올라갔고 충격파의 조건이 완화됐어."

"그러네. 더욱 쓰기 좋아진 느낌. 계속 강화하면 좀 더 완화될지도."

"그것도 농후해 보이네. 역시 초레어 검이야."

"다음에 또 강화할 때는 잘 부탁해."

"물론 맡겨둬. 하지만 용케 이 레시피를 알아냈네? 가이드북에도 실려있지 않았고, 이쪽 계열의 사람도 가르쳐주지 않은 것 같은데."

가이드북도 만능은 아니다. NPC는 극히 일부의 레시피밖에 가르쳐주지 않는다.

『스카이 폴』 정도나 되는 레어 무기의 강화 레시피를 모두가 알고 있을 리가 없다.

"길드숍 거리에 정보상이 있어서 거기에 물어봤어. 돈을 내긴 했지만."

우리 플레이어의 거점인 이곳 부유도시 티르나에는 평소에 수업을 받는 학원을 시작으로 갖가지 시설이 있다.

길드숍 거리도 그중 하나다.

게임 내의 정식 명칭은 시웬 대로 옆 길드 하우스 타운이다.

이 구역은 길드 하우스를 점포로 개조한 것들이 많이 몰려있는 문화를 가졌다.

그래서 길드숍 거리라고 부르고 있다.

장사를 하는 길드는 시웬 대로 옆 길드 하우스에 입주하는 게 보통이라고 한다.

반대로 공략이나 배틀이 메인이고 장사할 생각이 없는 곳은 교외의 넓은 곳에 입주한다.

길드를 부활동으로 생각한다면 길드 하우스는 부실이다.

"『언리미티드 월드 가이드북』을 내는 곳이 정보상도 하는 것 같아. 마에다가 가르쳐줬어. 어제 같이 갔었거든. 강화소재를 구입할 겸."

"호~오. 난 길드숍 거리는 아직 가본 적 없는데."

어제는 볼일이 있어서 수업이 끝나고 바로 로그아웃했다.

"렌도 뭔가 듣고 싶은 게 있다면 가볼래?"

"듣고 싶은 거라…… 으~음. 일단은 스카우트를 마구 받고 있는 이 상황을 어떻게 하고 싶은 건에 대해서. 차분하게 게임을 할 수가 없으니—."

"그거라면— 어느 길드에 들어가 버리는 게 제일 간단할 것 같은데."

문득 옆에서 대화에 끼어든 것은 마에다였다.

류를 무척이나 좋아하는 그녀는 류의 얼굴을 보러 자주 온다.

"오오, 마에다."

"미안. 말이 들려서. 류, 밥을 가져왔어. 먹을래?"

마에다는 나무열매나 과일이나 풀이나 생선 등등— 뭔가 이것저것을 잔뜩 꺼내서 류에게 보여줬다. 이 물량이 마에다의 마음을 웅변해주고 있다.

"하하…… 엄청난 양이네—."

"먹을 수 있는 거라면 뭐든 먹는다고 하지만, 성격 설정도 있어서 취향이 다른 것 같으니까, 뭘로 할지 고민이 돼서."

"마에다는 어제 정보상에서 수호룡 육성에 대해 물어봤었어."

"오, 그렇구나. 그거 고마운데. 수호룡 입수 방법도 물어봤어?"

"응. 기본적으로 꽤 레어하고, 반 대항 미션 같은 대규모 이벤트의 MVP밖에 받을 수 없대. 예년대로라면 다음 이벤트에는 다른 걸 받는 것 같으니까 다음 기회는 2학년이 되어야 한다더라."

"아…… 그거 유감이네."

"응. 그래도 그쪽과는 다른 입수 경로가 또 하나 있다고 해서."

"호오호오?"

"길드를 만들면 길드 하우스를 받을 수 있는데, 그곳에서 길드의 명성치를 높이면 부유도시 티르나 주변의 부유섬을 길드의 영지로 소유할 수 있다나 봐."

그런 시스템이 있었나. 자신의 부유섬이라니 재미있네. 꿈이 넘친다.

"그리고 자신들의 것으로 삼은 부유섬에 표류물이 흘러오는 이벤트가 있는데, 거기서 수호룡의 알이 나올 때가 있대."

아키라가 마에다의 말을 이어받았다.

"어때? 렌. 기왕이면 우리끼리 길드를 만들어서 크게 키워보지 않을래? 난 꽤 재미있을 것 같아. 마에다도 하고 싶어 하고."

"우리끼리 만들어버리면, 흥미가 없는 곳에서 스카우트를 해오는 빈도도 줄어들 거야. 길드에 소속되어 있으면 아이콘으로 알 수 있으니까."

"아아, 그건 그러네. 확실히 줄어들지도."

"그리고. 다음 대규모 이벤트는 길드끼리의 대항전이라더라?"

"오. 그런가."

"응. 이것도 어제 들었어. 그래도 그건 들어가지 않으면 참가할 수 없고, 그래도 원래 있던 곳에 들어가면 선배가 있으니까 마음대로 행동할 수 없잖아?"

"아~ 길드를 부활동이라 생각하면 그도 그렇겠네. 체육계의 상하관계 같은?"

"응응. 그래서, 말이지. 우리끼리 길드를 만들면 마음대로 움직일 수 있고, 무엇보다 갓 만든 1학년 온리의 무명 길드가 대활약! 왠지 좋은 것 같지 않아?"

"오오, 확실히 좋은 것 같은데……."

거기서 문장술사가 세상의 인정을 받고, 나아가서 그것을 동경해서 일시적으로 문장술사가 급증하는 거로군요. 좋아 좋아. 무척 좋다. 밝은 미래네.

"그래. 렌이 무척 좋아하는 자이언트 킬링이라는 거라고~?"

아키라는 내 귓가에 그렇게 속삭였다.

"오오! 좋네, 그 말은 무척 좋아한다고! 좋아하는 말 중에 세 손가락에는 들어가!"

나머지 두 개는 각성과 마개조지!

"자이언트 킬링 하고 싶지 않아~?"

"하고 싶어 하고 싶어!"

"그럼 같이 길드 만들까~?"

"네, 부탁드립니다!"

"오케이. 그럼 동료로 넣어줄게."

"감사합니다!"

"조, 조종하고 있어……."

우리의 대화를 본 마에다의 감상이었습니다.

"응. 친구 경력이 기니까, 렌을 부추기는 방법 한두 가지 정도야 뭐— 그치?"

아키라가 씨익 웃었다.

나도 아키라를 조종하는 방법은 알고 있다. 피차일반이므로 아무 문제도 없다.

아무튼 다음 목표는 확실해졌군.

즉, 『우리의 길드를 만들자』다!

"그런데, 확실히 길드는 최소 4인이었지? 나머지 한 명은 야노?"

"응. 유우나도 한다고 했어."

"좋~아좋아. 그러면 의도하진 않았지만 비인기 직업을 사랑하는 노답스 제한 길드가 탄생하는 거로군! 노답스 군단의 자이언트 킬링이라니 불타오르지 않을 수 없잖아! 내가 엄청 좋아하는 전개야!"

"아니, 마에다 말고는 렌이 그쪽 길로 끌어들이고 있을 뿐인데……. 유우나는 원래 성기사였고……. 공적이 되고 나서는 즉석 레벨 업 파티에서 퇴짜를 맞는다고 슬퍼하고 있었고—.”

확실히 평범한 구성의 파티라면 공적은 탱커를 못하겠지.

『길티 스틸』의 재사용 대기시간이 3분이나 되는 게 문제다.

탱커는 계속해서 보스의 시선을 잡아둘 필요가 있는데, 그 수단이 재사용 대기시간 3분의 스킬이어서는 전혀 따라잡지 못한다.

성기사나 중기사의 도발 스킬은 재사용 대기시간이 30초고, 연전에 버틸 수 있는 회전수를 가졌다.

내게는 최고의 탱커로 변하지만, 그건 어디까지나 국지전일 때의 이야기.

보스를 상대로 너무 큰 대미지를 내는 녀석을 커버하기 위해 소드 댄서가 가진 『검의 춤』을 받으면서 억지로 『길티 스틸』을 연발한다는 특화 전술이었다.

공적, 소드 댄서, 로망포의 3인 콤보가 펼치는 집단 기예다.

레벨 업 파티에서는 전혀 통하지 않는 방법론이다.

“뭐, 그건 넘어가고.”

“우왓, 호쾌하게 무시했어.”

“나머지는 『길드 설립 허가증』이 필요하잖아. 그건 어쩔 거야? MEP가 텅 비었는데…….”

『길드 설립 허가증』은 MEP 교환 리스트에 있었을 거다.

MEP 2500이나 되니 상당히 비싸다.

“그러게. 시험까지 기다리는 것도 재미없고, 다른 경로로 입수하는 방법이 없나 조사해보려고 해. 다시 길드숍 거리의 정보상에 갈 건데. 같이 안 갈래?”

“좋아. 그럼 가볼까.”

이렇게 해서 우리는 길드숍 거리로 나가기로 했다.

가는 도중에 레벨 업을 나갔다가 돌아온 야노와 합류해서 4인.

길드를 만든다는 이야기는 왠지 모르게 다들 꽤 적극적이었다.

“저기저기, 길드 하우스를 받으면 각각 방 하나씩 주어지잖아?”

“뭐, 보아하니 길드 하우스는 꽤 클 테니까, 그만큼 여유는 있지 않을까?”

나는 길드숍 거리의 광경을 바라보며 대답했다.

대부분의 길드 하우스가 최소 3층 정도는 된다.

하층이 점포가 되어있는 느낌이다.

1층이 점포라도 남은 2층에서 방 네 개 정도는 여유롭게 들어가겠지.

“우리 집은 4인 남매라 방을 혼자 못 써서, 게임 안에서라도 좋으니까 1인실을 갖고 싶거든! 여기서는 꼭 길드 허가증을 따내자구!”

오오, 야노는 기합이 충만한데.

"남매가 한 방인 것도 즐거워 보이는데. 나는 외동아들이라 조금 동경하거든."

"아냐아냐. 그런 건 5초면 싫증난다구. 역시 개개인의 프라이버시가 중요하고, 보호받아야 하는 거라니까. 뭐라고 해야 하나, 기초적 인권? 이라는 거야."

"아니, 그건 기본적 인권이야. 유우나."

"응~? 아닌가? 자자, 의미는 통하니까 문제없잖아."

야노는 대범하군. 그리고 미안해하지 않는다.

그래도 시험에서 그렇게 쓰면 틀릴걸. 다섯 과목 166이니까.

뭐, 나도 남한테 거창한 소리는 할 수 있는 처지는 아닌가.

"유우나, 길드를 만들어서 크게 만들려면 MEP가 중요해져. 조금이라도 벌 수 있도록 내가 같이 공부해줄 테니까, 다음 시험은 제대로 보자."

"으게에에에엑."

"이것도 게임에 환원되니까, 참고 노력해야지."

부유섬 영지 획득을 노리는 마에다는 왠지 불타오르는 것 같다.

"렌도 영어랑 국어는 힘내자? 특히 영어는 20점이었지?"

"으~음…… 그다지 흥미가 없단 말이지……."

어차피 나중에는 안 쓸 테니까. 애초에 외국에 별로 흥미가 없다.

학교에서 점수를 잘 따면 영어를 술술 말하게 된다는 소리도 전혀 들은 적 없다.

즉, 전혀 도움이 되지 않는 과목이라는 뜻이다.

헛수고라는 걸 알고 있으니 내버리게 된다고나 할까…….

애초에 뭐가 글로벌화냐고. 모국어만으로 살아가는 게 뭐가 그리 나쁘다는 건가 싶다.

"와하하하하! 이겼지롱! 바보 바보!"

야노가 좋아하며 손가락질을 하니까 왠지 울컥한데.

젠장. 다음에 내가 진지하게 하면 모르거든?

"합계 241이지? 그 밖에는?"

마에다가 물었다.

"으음, 수학 100, 과학 63, 사회 31, 국어 27."

"수, 수학 만점은 대단하네……! 그 시험은 어려웠는데."

"뭐, 수학은 특기거든. 제대로 이론과 법칙이 있으니까."

제대로 된 로직이 있는 과목은 즐겁게 할 수 있어서 좋다.

반대로 그냥 지식을 외워야 하는 과목은 잘 못한다.

이게 게임 지식이라면 얼마든지 익힐 수 있는데 말이지.

"수학 특화네. 타카시로를 보고 있으면 왠지 모르게 알 것 같아."

"응? 그래?"

"생각이라든가 작전이. 이 게임의 왕도에서는 벗어났을지도 모르지만, 이론을 세워두고 있잖아. 결과도 남기고 있으니까 그것도 올바른 거고. 굉장하다고 생각해."

뭐, 노답스에게는 돌출된 결과를 내는 정석이 없으니까.

없기 때문에 그 가능성을 시행착오 하는 게 즐거운 거다.

"이번에는 우연히 어떻게든 고칠 수 있는 재료가 모여있었을 뿐이야. 운이 좋았지."

"그 재료의 조합을 발견해서 실행한 게 굉장한 거야. 게임에 한정된 건 아니지만, 남들이 흉내 낼 수 없는 새로운 걸 생각해내는 건 가치가 있다고 생각해."

"오호라. 코토미, 엄청 고평가네? 혹시 반했어?"

"읏?! 그, 그런 이야기는 아니잖아……?! 나는 순수하게 경의를……!"

"아~ 그렇구나아. 이야~ 딱딱한 코토미한테두 봄이 왔나. 좋아 좋아."

"그~러~니~까~! 아니라고 했잖아!"

"와~ 코토미가 화냈다~! 정곡이다~! 꺄앗~!"

투닥투닥 술래잡기가 시작됐다. 오오, 기운 넘치네.

"유우나도 참, 바로 그런 이야기로 끌고 가려고 하니까, 곤란하네?"

그렇게 말하는 아키라의 웃는 얼굴이 왠지 미묘하게 무서웠다. 묘한 박력.

"그, 그러게—."

한동안 그런 느낌으로 걸어가던 우리는 목적지인 정보상에 도착했다.

"오. 렌, 목적지는 저기야. 다 왔다 다 왔어."

길드숍 거리 한쪽, 꽤나 노후화된 것 같은 외견의 길드 하우스였다.

1층 입구에 『정보상 빅스 맥스』라는 간판이 걸려있다.

"안녕하세요."

"오, 어서 옵쇼!"

그곳에 있던 점원은 내가 아는 얼굴이었다.

"어라, 카타오카? 이런 곳에서 뭐 하냐?"

B반의 도적 카타오카 신이치. 여왕벌을 좋아하는 일벌 플레이어다.

"그야 당연히 가게 보고 있지. 길드에 막 들어온 신참이니까. 잡일이야."

"아아, 이 가게는 『언리미티드 월드 가이드북』을 내는 곳에서 하고 있던가."

"맞아맞아. 『지식의 샘(널리지 레이크)』이지."

"어제 있던 사람하고는 다르네?"

"오, 아오야기. 교대로 하고 있거든."

"『지식의 샘』은 그렇게 좋은 길드야?"

확실히 영향력은 클 거다. 가이드북 같은 정보는 모두가 의지하니까.

내년 가이드북에 장타력 최강 직업으로 문장술사가 실릴 수 있도록 만들고 싶다.

"뭐, 여러 데이터가 모이는 길드니까, 여기 있으면 나도 이 게임의 공략법 같은 걸 빠르고 자세히 알 수 있잖아?"

"아아, 그야 그렇겠네."

"그렇게 되면, 여왕벌을 위해 도움이 되는 것들이 늘어나잖아?"

"일벌로서의 레벨이 오른다고?"

"그런 셈이지. 여왕벌과 함께 하나하나 따져가며 게임을 하다니 일벌 실격이니까. 일벌은 전부 알고 있는 상태에서 적절하게 모르는 척을 하며 여왕벌을 즐겁게 해주기 위해 전력을 다하는 거라고. 알겠어? 알겠지?"

"아니, 몰라. 모른다고. 뭐, 그게 즐겁다면 나는 막지 않겠지만."

플레이 스타일은 사람에 따라 다르니까 다양성을 인정해야 한다고 생각한다.

"여왕벌? 일벌?"

온라인 게임 경력이 별로 없는 마에다는 어리둥절한 모습이었다.

"아아, 코토미. 그건 말이지……."

야노가 뭐라 설명을 했다.

"흐으응……? 왠지 기분 나쁜 이야기네."

그러자 퓨어한 느낌으로 썩둑 잘라내 버렸다.

카타오카는 듣지 않은 건지, 무시한 건지 화제를 바꿨다.

"그런데, 손님. 뭔가 원하는 정보라도 있어?"

"응. 신규 길드를 만들고 싶어서 『길드 설립 허가증』이 필요하거든. MEP 말고 다른 입수방법은 없어?"

"알았어. 으음, 『길드 설립 허가증』 입수 방법을 검색……."

카타오카는 카운터에 놓인 단말기를 조작했다.

뭐지, 언뜻 보기에는 앤티크 노트북?

타이프라이터와 탁상 거울이 합체한 느낌이다.

"뭐야 그거, 그걸로 데이터에 액세스할 수 있어?"

아키라가 흥미진진하게 몸을 내밀었다.

"맞아. 『디르의 마탁(魔卓)』이라고 해서, 게임 안에서 쓸 수 있는 노트북 같은 거거든. 프로그램도 짤 수 있게 되어있어. 『지식의 샘』은 공략 정보 데이터베이스를 만들어서 그걸 기반으로 정보상을 하거나 가이드북을 발행하고 있는 거야."

"호오……. 확실히 정보는 재산이니까. 그걸로 장사도 할 수 있고."

세간에 일반적으로 나도는 게임이라면 공략 사이트나 공략본이 있다.

그러나 교내 게임이라는 닫힌 환경을 가진 UW(언리미티드 월드)에서는 그럴 수가 없다.

교칙에도 인터넷에 공략 정보를 올리면 정학 처분이라고 주의를 주고 있으니까.

그렇기에 이렇게 정보를 틀어쥔 길드가 성립할 수 있는

거다.

아니, 반대로 이런 길드가 세워지도록 학교 측이 능숙하게 균형을 잡고 있는 걸지도.

그나저나 나도 이거 갖고 싶네. 여러모로 쓸 만할 것 같다.

데이터베이스 정도라면 나도 만들 수 있고.

게임 회사 사원의 아들이니까 프로그래밍 같은 건 어린 시절부터 놀이 삼아 배웠다.

장비나 스탯을 바꿔서 각각 오의를 써보고 결과 같은 걸 비교 검토하고 싶은데.

거기서 구체적인 대미지 계산식을 해석해보고 싶다.

"나도 그거 갖고 싶네. 대미지 계산식 해석하기 좋을 것 같아……."

"윽. 뭔가 불길한 예감이……."

"응? 왜 그래?"

"나는 잊지 않았거든! 전에 EF(이터널 판타지)하고 있을 때, 대미지 계산식 해석한다면서 나한테 일주일이나 똑같은 적을 때리라고 했잖아!"

"아아, 덕분에 최약이라 불리던 망치술사로 어둠의 왕 솔로 제약 타임 어택을 당시 최속 타임으로 달성했었잖아? 지금은 추월당했지만……."

"아, 그거 동영상 사이트에 올라왔었던 거지? 나두 봤어 봤어!"

오, 이런 곳에서 시청자가!

뭐, 야노는 다른 게임에서 나를 알고 있었던 것 같으니까 불가능한 이야기는 아니다.

"그 별것도 아닌 동영상을 위해서 내가 얼마나 검증에 어울려줬는지……!"

"자자. 과거를 돌이켜보기보다는 미래지향으로 가자고. 과거에 사로잡혀봐야 미래는 변하지 않아."

"그거, 가해자가 할 말이 아니거든!"

"타카시로, 너 그러면 안 돼! 일벌이 여왕벌을 부려먹다니 용서받지 못할 일이라고!"

아니, 너는 그 발상에서 일단 떨어지라고!

"뭐어?! 타카시로도 일벌이라는 인종이었어? 미, 미안해! 기분 나쁘다고 말해서…… 몰랐어."

아아, 마에다는 참 성실하네!

"아니, 아니거든! 카타오카가 나를 착각하고 있을 뿐이라고!"

"그, 그래?"

"아무튼! 여러모로 탈선했지만 『길드 설립 허가증』의 정보를 줘!"

"어, 어어. 그럼 뭐, 그 전에 정보 제공료를 줘야지. 3000 미라야."

"응."

내가 대표로 냈다.

“MEP 이외의 입수방법이니까— 으음, 우선 우리 길드숍 재고에 있는 것 같네.”

“오. 얼마?”

“500만 미라.”

“““““비싸?!”””””

전원의 목소리가 겹쳤다.

“그야 너, MEP로 2500이나 하는 아이템이라고. 그 정도는 하거든?”

“으음……. 다른 입수방법은?”

“던전 몇 군데의 보물상자에서 드롭이 확인되어 있어. 상당한 고랭크 던전뿐이야.”

그런 서론을 둔 카타오카가 던전 몇 군데의 이름을 거론했다.

“비공정의 묘지, 크리스털 포레스트, 아우미슈르 대고분— 정도일까. 참고로 비공정의 묘지와 크리스털 포레스트는 들어가기 위한 전제 조건이 꽤 힘들걸. 몬스터의 레벨도 비공정의 무덤과 크리스털 포레스트는 100을 넘어.”

“그럼 실질적으로는 아우미슈르 대고분 하나뿐이라는 건가.”

“그럴 거야. 그곳은 비공정으로 미슈르 대륙으로 건너가서 조금만 이동하면 갈 수 있고, 허가증이 나오는 보물고로 가는 통로 열쇠도 우리 숍에서 팔고 있어. 원래는 상당히 귀찮은 퀘스트가 필요하지만."

"흐으응…… 참고로 열쇠는 얼마인데?"

"『고대 왕족의 열쇠』 말이야? 10만 미라."

그것도 꽤 비싸다. 절대 못 산다는 느낌은 아니지만.

"나는 5만 정도라면 수중에 있는데…… 다들 어쩔까?"

"2만 5000씩 내자. 나도 5만 정도밖에 없으니까 조금 뼈아프지만."

"응, 좋아~."

"오케이 오케이. 당장 1인실 갖고 싶으니까! 돈으로 해결되는 일은 해두자구."

"아, 잠깐 기다려! 아우미슈르 대고분도 안쪽에는 적 레벨이 80 정도는 돼. 그런데도 괜찮아?"

카타오카의 경고가 날아왔다. 나는 잠시 팔짱을 끼고 고민했다.

"흐~음…… 소인원 제약 다음에는 저레벨 제약 공략이군요. 알겠습니다."

"아니아니, 렌. 그런 필연성은 딱히……."

그렇게 말하는 아키라에게 나는 단언했다.

"제약 플레이에 필연성은 없어! 하고 싶으니까 하는 거야! 취미라고!"

"우와…… 눈이 반짝반짝 빛나고 있잖아! 또 렌의 병이 시작됐어!"

"뜹. 으음, 뭐, 열쇠 자체는 갖고 있으면 계속 쓸 수 있지?"

야노가 카타오카에게 물었다.

"그래, 그런 것 같아."

"그럼 사둬도 손해는 없잖아?"

"그러네. 안 되면 레벨을 올려서 다시 도전하면 되니까. 보러 갈 수 있는 곳까지 가보는 것도 좋을지도 몰라."

"좋아! 그럼 열쇠를 사자. 대고분으로 가보자고."

"오! 매번 감사~!"

그렇게 해서 우리의 다음 목적지가 정해졌다.

대고분으로 들어가서『길드 설립 허가증』을 찾는 거다!

제 8 장 아우미슈르 대고분

우리는 바로 비공정으로 미슈르 대륙으로 건너가 아우미슈르 대고분으로 향했다.

반 대항 미션이 종료되고 나서 선택할 수 있는 비공정 항로도 늘었다.

미슈르 대륙으로 가는 루트도 그중 하나다.

현장은 포근한 녹색으로 덮인 구릉지대.

주변에는 대고분 내부로 들어가는 입구가 열려 있었다.

지상 부분에도 몬스터는 있지만, 알아서 덮쳐오지는 않는 비선공형.

게다가 레벨 10대 정도라서 딱히 문제는 없는 느낌이었다.

"좋았어. 그럼 닥치는 대로 입구에 들어가 볼까!"

우리는 파티를 짜서 고분 안으로 들어갔다.

문장술사, 소드 댄서, 학자, 공적으로 레벨은 25, 25, 27, 30.

첫 입구는 딱히 문 같은 게 없이 그냥 구멍이 직접 내부 유적으로 이어져 있었다.

안은 꽤 어둡다.

하지만 벽 곳곳에 마술문자? 고대문자? 같은 것들이 새겨져 있었다.

그것이 살짝 발광하고 있어서 딱히 문제없이 탐색할 수 있었다.

“호호오. 뭔가 고대 문명 같네.”

처음 오는 곳에는 카메라로 스크린샷을 찍는 것이 아키라의 행동원리. 오늘도 흔들리지 않는다.

“오. 적이 있네.”

외길 통로를 가는 도중에 적 발견.

마법으로 움직이는 매직 돌 계열의 적이다.

끄트머리에 철구가 달린 아파 보이는 양손 지팡이를 들었다.

키퍼즈 돌　레벨 28

고분을 지키는 경비병인가? 뭐, 딱히 문제없이 쓰러뜨릴 수 있겠지.

“쓰러뜨릴까?”

아키라의 말에 전원이 수긍했다.

반응을 보던 아키라는 적의 감지범위 바깥에서 『스카이 폴』의 충격파를 쐈다.

“영차!”

충격파가 직격. 적은 황급히 아키라에게 달려왔다.

그러나 연속 충격파를 맞고 HP가 펵펵 깎여나갔다.

추가로 야노도 장비하고 있는 라이플로 공격.

옛날 유럽식 디자인이다.

그리고 마에다도 공격마법『파이어 볼』을 쐈다.

일제히 그게 착탄하자 적은 이쪽에 공격 한번 못하고 쓰러졌다.

"응. 팍팍 나갈 수 있을 것 같네."

그렇게 말하는 아키라를 선두에 세워서 탐색을 진행했다.

도중에 적도 몇 마리 있었지만, 세 명의 원거리 공격으로 딱히 위기도 없이 나아갈 수 있었다.

으~음…… 내가 할 일이 없네.

여기서 오의를 쓰며 날뛰어봐야 의미도 없다.

그러니 어쩔 수 없는 일이지만…… 멀뚱멀뚱 있다는 느낌이 장난 아니다.

이럴 때 뭔가 할 수 있는 탤런트도 조만간 익혀둬야 하나.

필요에 따라서 교환하면 되는 거니까.

그게 가능한 자유도가 이 게임의 장점이기도 하다.

"이럴 때 소비성 무기밖에 없는 거 은근히 힘들어……."

야노가 그렇게 불평했다.

"공적은 무기가 전부 원거리 공격용이니까."

"그렇다니까, 코토미. 공격하면 항상 탄환을 소비해서 돈이 날아간다구."

"근접용 무기를 들 수 있는 탤런트를 갖고 싶겠네."

아키라의 말이다.

"MEP가 텅 비었잖아. 뭐, 그건 그것대로 후회하지 않지만서두."

"아무튼, 100포인트대로는 습득의 증표 계열의 탤런트를 딸 수 없어. 다음 시험에서 힘내자."

"우우…… 이 학교, 게임에 공부를 요구하는 건 너무하지 않아? 바보가 불리한 건 현실 인생만으로도 충분한데."

"그런가? 나는 반대로, 딱히 할 의미가 느껴지지 않는 공부에 의미를 줘서 고맙다는 느낌이 드는데."

전보다는 수업에 집중하게 되었으니까. 딱히 흥미가 없었던 과목 한정이지만 말이지.

"실제로 이 학교에서 성적이 올라간 케이스가 많다고 해."

"그러게. 그런 홍보 문구가 아니었으면 나는 여기에 들어오지 못했을 거야."

"나도 그래."

"우리 집은 상관없었어……. 좋아하는 걸 하라는 말밖에 안 하거든."

"나두. 부모님이 적어도 고등학교는 가라고 해서, 재미있을 것 같아 여기로 한 거거든."

"부럽네. 자유로워서."

마에다가 조금 한숨을 내쉬었다.

"코토미네 집은 부모님이 딱딱해 보이는데, 용케 이런 반쯤 놀이 같은 학교에 들어왔네?"

뭐, 솔직히 성적이 올라가는 경향이 있다고는 해도, 야노의 말처럼 반쯤 놀이 같아 보이는 것도 사실이다.

"응, 사실 조금 싸우기도 했지만…… 지금까지 너무 답답해서 왠지 지쳤으니까, 고등학교는 내 뜻대로 가고 싶다고 했더니 고려해주셨어. 단, 성적이 떨어지면 자퇴시킨다고 하셨지만."

"그건 꽤 난폭하네. 뭐, 양육을 받는 쪽이 할 말은 아니겠지만."

우리 부모님은 그런 소리를 하지 않는다. 감사해야겠지.

"괜찮아, 타카시로. 전보다 수업에 집중할 수 있게 되었으니 떨어지지 않을 자신은 있어. 이 학교는 즐거우니까."

마에다는 자신감 있게 웃었다.

그렇게 탐색을 진행하던 우리는 보물상자를 발견했다.

"오오! 보물! 보물!"

야노가 한발 먼저 보물상자에 달라붙었다.

"유우나, 함정이 없나 봐줘."

"오케이!"

도적이나 공적은 직업 특성으로 보물상자의 자물쇠를 따거나 함정 간파&해제를 할 수 있다.

다른 직업이 자물쇠 따기나 함정 대응을 하려면 그쪽 탤런트가 필요하다.

우리는 아직 아무도 그쪽을 습득하지 않았으니 공적의 존재가 무척 도움이 되었다.

"으음. 함정이 있네. 음, 그거야. 아카데믹?"

"오, 쪽지 시험인가."

함정명 아카데믹이란, 요컨대 학력 시험이다.

직접 보는 건 처음 이지만, 가이드북에는 확실히 실려있었다.

해제 불가의 함정이며, 정답 라인을 넘지 못하면 내용물이 소멸하고 만다.

학교이기에 가능한 시스템이다.

"……특기 분야야. 힘내자, 아오야기."

"응, 맡겨둬!"

오. 평균 90점 이상의 두 명이 있으니 든든하네.

여기서도 나는 아무것도 할 필요가 없을 것 같다.

"그럼 열게. 코토미, 앗키, 뒤는 맡길게!"

야노가 보물상자를 오픈.

보물상자 안에서 팡파르와 음성 안내가 흘러나왔다.

"갑작스럽지만 쪽지 시험 시간입니다! 다섯 문제 중 세 문제를 맞히면 보물상자의 내용물을 얻습니다! 정답 수가 많을수록 내용물의 등급도 올라갑니다! 그럼 제1문—."

결과만 따지면, 아키라와 마에다의 활약으로 다섯 문제 모두 정답을 맞혔다.

역시 대단하다고 하지 않을 수 없다.

“뀨~뀨뀨~!”

내 로브의 후드 속에서 자고 있던 류도 일어나서 손뼉을 쳤다.

지금은 마음대로 먹고 마음대로 잘 뿐이다.

아직 배틀의 도움은 되지 않을 것 같지만 귀여우니 전부 용서가 된다.

이대로 성장을 지켜보도록 하자.

자, 보물상자의 내용물은 뭘까?

“좋았어, 문제 모두 맞췄네! 그럼, 내용물은 내용물은?”

상자를 연 아키라가 대답했다.

“으음…… 아. 『특수 합성 지도서 〈총검〉』이네. 이건 혹시 유우나가 쓸 수 있지 않을까?”

“응? 코토미. 총검이 뭐야?”

“총 끝에 장착하는 날붙이야. 그걸로 창처럼 쓰는 거야.”

“오오! 그럼 근접전을 할 수 있겠네?”

“그렇지 않을까? 그나저나 이 게임 총검도 있었나. 나는 몰랐는데.”

“하지만 총검 아츠 같은 건 들어본 적이 없어.”

“만들어보면 알 수 있겠지. 그거 특수 합성을 익히는 녀석이지? 내가 받아서 만들어볼까?”

“그러자. 나도 대장일은 올리지 않았으니까, 맡길게.”

“응, 나도. 흥미 없으니까 렌이 받아줘.”

"나도 안 올렸으니까. 만들어봐 만들어봐."

"그래. 그럼 써보자."

나는 지도서를 받아서 사용.

『특수 합성 〈총검〉』을 익혔다는 로그가 나왔다.

이렇게 특수 합성 스킬이 필요한 아이템도 있는 거구나.

그리고— 합성 메뉴를 열어서 레시피 일람을 확인.

리스트에 총검류 항목이 추가되었다.

흐음흐음— 여러 소재의 총검이 있네.

뭐, 지금 레벨에서 딱 좋은 건 『철 총검』이겠다.

『아이언 잉곳』으로 만들 수 있고…… 세 개인가. 양은 충분히 있다.

"어디어디—."

합성 개시. 탤런트에 『유동 작업』이 들어있어서 즉시 종료. 성공.

내 손에 철로 된 총검이 나타났다.

"좋아, 성공이네. 이것하고 총을 합성하는 거지? 야노, 네 총을 빌려주겠어?"

"여기."

받은 것은 『머스킷 건』이라는 총이었다. 뭐, 레벨에 맞는 장비다.

"이것과 총검을—."

합성. 오, 합성이 시작됐다. 잘못된 레시피였다면 시작하지 못하고 에러가 나온다.

추측이 맞았네. 그리고 합성 결과도 바로 나왔다.

『머스킷 건』이 『머스킷 건 〈착검〉』이라는 표기가 되었다!

겉으로 보기에도 총구 아래쪽에 금속구를 달아서 거기에 나이프를 장착한 느낌이다. 응, 총검이네.

"자, 다 됐다!"

"오오, 이거 근접전 할 수 있을 것 같잖아? 괜찮은 느낌~! 고마워어♪"

좋아하면서 총을 뺨으로 비비는 갸루 여고생이라니, 왠지 굉장한 광경이군.

하지만 뭐, 좋아하는 것 같아 다행이다.

"좋았어, 이거 한번 시험해봐야겠지?! 자, 가자 가자!"

적을 쓰러뜨리면서 탐색 속행.

야노가 시험을 해보며 알게 된 것은—.

우선 총검으로는 찌르기 공격 모션이 나온다. 위력은 총격보다 꽤 뒤떨어진다.

찌르기 공격 자체는 총의 장비 적성 범위에 들어있다.

창 같은 움직임이라 창 적성이 없으면 장식이 된다거나 하는 일은 벌어지지 않았다.

단, 총검 전용 아츠 같은 건 없다.

어디까지나 총 아츠를 쓸 수 있을 뿐.

즉, 원래는 못하는 근접전을 조금 보완해주는 옵션이다.

그래도 찌르기 공격 후의 총격은 멋있고, 꽤나 강하다.

그리 버겁지 않은 상대라면 총검 공격만 하면서 탄을 절약하는 것도 당연히 좋다.

경제적이고 무척 도움이 되는 장비 아닐까?

돈을 내던져야 하는 공적에게, 물자가 소모되지 않는 공격 수단은 귀중하다.

그런 느낌으로 시험을 해보면서 탐색을 이어갔는데, 문제가 생겼다.

"어라아? 저기, 렌. 여기 막다른 곳이네?"

"그러게. 열쇠를 쓸 곳도 없고…… 여기는 꽝인가?"

"뭐, 무기도 진화했구, 나는 꽝이라도 완전 오케인데."

"헛수고가 아니었다는 건 다행이야."

도중에 나와 아키라의 레벨도 올랐으니까.

나 26, 아키라 26, 마에다 27, 야노 30이 되었다.

"밖으로 나가서 다른 입구로 들어가 볼까."

아무도 이의 없음. 밖으로 나왔다.

다른 굴에서 재도전. 이번에는 보물상자도 뭐도 없이 헛수고.

그것이 두세 번 되풀이되자 조금 분위기가 흐트러졌다.

"아~. 또 꽝이야."

"나른하구 귀찮구…… 질렸어어."

현실 시간은 슬슬 밤 일곱 시. 배도 고파질 무렵이다.

아무리 그래도 현실의 공복을 게임 안에서 달랠 수는 없다.

"조금 휴식을 하고, 나중에 다시 합류할까?"

"으~음…… 그게 낫나—."

그렇게 말하려던 나는 문득 어떤 걸 깨달았다.

지금 우리는 꽝이었던 출입구를 막 나온 참이었다.

구릉지대 중턱 부근에 꽤 넓은 범위를 돌아볼 수 있었는데, 저편에서 보이는 언덕 정상 부근에 다른 집단이 들어가는 게 보였다.

열 명 정도인가? 약 두 파티네.

"아, 저쪽에도 입구가 있네. 사람이 모여 있어."

"응, 정말이네. 저쪽 입구가 보물고와 이어져 있는 걸까?"

"그럴지도! 저기, 가보자."

"그럼 저게 꽝이면 휴식 희망~."

이렇게 해서 다른 사람들이 들어간 곳으로 이동.

우리가 도착했을 때는 이미 안에 들어간 뒤인지 입구는 무인이었다.

그리고 우리도 그곳을 통해 안으로 들어갔다.

"……여기, 뭔가 다른 곳하고 분위기가 다른 것 같은데."

"그러게. 왠지 조금 무서워……."

그런 말을 나누면서도 스크린샷을 잊지 않는 게 아키라다웠다.

여기는 뭔가 다른 곳에 비해서 부패 상황이 심하고, 한층

어두웠다.

광장 같은 곳이지만 이곳저곳이 무너져서 그야말로 뭔가 나올 것 같은 느낌이다.

주변에 새파란 사람 그림자가 슬쩍 떠올랐다가 사라진다. 원령 같은 연출인가?

이곳저곳의 벽에 인간형 미라 같은 무언가가 파묻혀있는 것도 불길하다.

"잘 생각해 보니 고분은 무덤이잖아……. 우우~ 나 유령의 집 같은 데는 못 가는데……."

의외다. 야노가 가장 무서워하고 있었다.

"괘, 괜찮아. 게임이니까……."

마에다도 조금 움츠러든 느낌.

게임이라는 건 알지만 VRMMO의 현장감은 장난이 아니다.

요컨대 여기, 엄청 리얼한 유령의 집 같은 셈이다.

무서워하는 일행을 보니 왠지 여자아이답다는 느낌이 나서 흐뭇했다.

나는 이런 것도 그냥 괜찮았다.

왠지 이러면, 조금 장난을 치고 싶어지는걸.

그런고로—.

"우와아아아아아아악!!"

일부러 큰소리를 내자, 의외로 효과가 발군이었다.

""""꺄아아아아악?!""""

다들 깜짝 놀라 내게 안겨 왔다.
이건 건전한 남자로서 기쁘지 않을 리가 없다.
그러나 세 사람 모두 한 번에 오니까 기세가 지나쳐서 전원 넘어졌다.
"우왓?!"
그리고 그 밑의 바닥이 쩌억, 벌어졌다.
구멍함정?! 그곳에 전원이 다 떨어지고 말았다.
꽤 깊은 곳까지 낙하해서, 충격.
아프네……. 그보다 아프기만 한 게임이라 다행이다.
"우…… 아야야얏…… 정말, 렌. 놀라게 하지 말아줘!"
"큰소리하고 구멍함정으로 두 번 놀랐어……. 악취미야, 타카시로."
"아야야얏…… 미안미안, 그만 우발적으로…… 읏?!"
우왓?! 봐서는 안 되는 게 보였어……!
나는 지하실 바닥에 안면이 직격해서 고개를 들었는데…….
로우 앵글에서 바닥에 엉덩방아를 찧고 있는 아키라와 마에다의 스커트 속이…….
"타카시로~? 지금 코토미랑 아키라의 스커트 속 봤지?"
야노가 씨익 웃으면서 지적했다. 야 너! 어째서 까발리는 건데?!

"렌! 남들 앞에서 야한 건 안 되거든?!"

아키라가 울컥울컥 화를 냈고—.

"아, 아아아아니 이건 아니야……."

마에다는 왠지 당황하고 있었다.

"아, 아는 사람이 말이지? 너는 어른스러우니까 속옷 정도는 대담하게 하라며 억지로……."

응, 왠지 아키라는 게임 안의 머리색하고 똑같았거든. 핑크였어.

뭐, 귀여운 느낌이라 이미지 그대로.

마에다는 말이지. 검은색이었어. 왠지 굉장히 섹시한 느낌이더라고.

청초한 이미지였으니까 갭이 심해서 깜짝 놀랐다.

"그, 그러니까. 결코 그렇게— 놀고 있다거나 그런 게 아니라……."

"으응, 그건 알았으니까……. 조금 놀랐을 뿐이야……."

"그, 그래……?"

"오호라? 뭐야뭐야 코토미는 그런 에로한 거 입고 있었어? 잠깐 보여줄래?"

"시, 싫어! 왜 그런 짓을……!"

"어디, 나도 후학을 위해……."

"오. 그럼 앗키는 그쪽 누르고 있어줘."

"응."

"꺄앗?! 잠깐, 그만해~!"

"자, 자자 둘 다. 마에다도 싫어하니까 그만두자고."

"뭐? 애초에 타카시로가 쓸데없는 짓을 해서 그렇거든? 왜 착한 척하고 있어?"

"맞아맞아. 전부 렌이 잘못한 거니까 어서 도우라고."

"도울 수 있을 리가 없잖아! 내가 잘못했으니 사과할게. 일단 위로 돌아갈 길을 찾자?"

진심으로 사과하며 분위기를 타버린 두 사람을 말렸다.

그리고 떨어진 지하 플로어를 모두 돌아봤다.

"응? 왠지 그야말로 의미심장한 벽이……."

거대한, 복잡한 문양이 새겨진 문이 설치되어 있었다.

"렌. 뭔가 끼울 수 있는 구멍이 있는데?"

"이거, 사온 열쇠 모양하고 비슷하지 않아?"

"오오, 그럴지도—."

나는 『고대 왕족의 열쇠』를 꺼냈다. 확실히 이거, 제대로 된 열쇠 같은 모양은 아니지.

문에 있는 홈에 열쇠를 끼웠다. 오, 딱 맞네.

"끼워졌다!"

열쇠가 빛을 발하면서 그 빛이 문 전체로 퍼졌다.

무거운 소리를 내며 천천히 문이 열렸다.

"오, 정답 루트로 와버렸네?! 나이스, 타카시로!"

"방금 쓸데없는 짓을 했다고 했으면서……."

뭐, 상관은 없지만.

우리는 두근두근 문 안으로 발을 들여놓았고— 그리고 봤다.

"우…… 우우……."

"당했어……."

"아직 일렀나—."

한마디로 말하자면, 시체였다.

아마 우리가 바깥에서 봤던 파티 사람들이다. 전원 HP 0. 전멸했다.

평균 레벨 60 중반 정도가 열 명.

이곳, 이 레벨대의 이런 인원으로도 전멸하는 곳인가.

그렇다면 여기가 카타오카가 말했던 적 레벨이 높은 구역이겠네.

"미, 미안. 너희들…… 혹시 소생마법이 있다면 부탁해도 될까……?"

리더로 보이는 쓰러진 성기사 선배가 그렇게 물었지만—.

"아, 죄송하네요……. 아무도 소생을 갖고 있지 않아서요."

소드 댄서의 댄스에 소생 효과가 있는 건 없다.

학자도 회복마법은 쓸 수 있지만 소생마법은 익힐 수 없다.

간지러운 곳에 손이 닿지 않는 것이 바로 노답스입니다.

소생을 쓸 수 있는 건 성기사나 승려나 음유시인이지.

음유시인이 소생을 쓸 수 있는 게 묘하게 납득이 안 간다.

같은 버퍼인데 문장술사와 달리 약점이 너무 없잖아.

"그럼 어쩔 수 없네. 다시 와야겠어. 너희도 이 앞은 위험하니까 조심해."

그런 말을 남긴 채 선배 파티는 사망 귀환을 해서 우리만 남았다.

"……어쩌지? 앞으로의 적은 셀 것 같은데?"

일단 모두에게 물어봤지만 나는 솔직히 물러날 생각이 없었다.

방어력 무시, 회피 불가에 무식한 화력을 뿜어내는 오의는 격이 높은 상대에게는 안성맞춤이니까.

지금이야말로 로망포의 로망을 보여줘야 할 때!

다들 싫다면야 혼자서 가겠지만.

"렌. 말은 그래도 물러날 생각은 없잖아?"

"아, 들켰나?"

"나도 갈게. 해보지 않으면 모르니까."

"그러게. 『데드 엔드』가 있다면 꽤 강한 적이라도 쓰러뜨릴 가능성은 있어."

"오히려 지금까지 보기만 하던 녀석이 제대로 일하지도 않고 돌아가다니 그건 좀 아니잖아. 지금부터 일해야 하지 않아?"

다들 내 스타일을 이해하고 있기에 적극적이면서 낙관적이다.

뭐, 나는 갈 수 있을 거라 생각하고 다른 일행도 그렇게 생각하고 있다.

"그럼, 가볼까."

우리는 안으로 나아갔다. 조금 가보니 작은 방이 있고, 그 안에 몬스터가 한 마리.

데들리 제너럴　레벨 81

언데드네. 전신 갑옷으로 무장한 스켈레톤이다. 무기는 양손도끼.

꽤나 커다랗고 박력이 있다. 레벨도 80을 넘어서 우리의 세 배에 가깝다.

단, 공격력이나 방어력은 몰라도 흑룡 디아블로 정도의 HP는 없을 거다.

그건 대보스급이다. 이쪽은 통상 배치 몬스터.

레어 몬스터의 증표인 왕관 아이콘도 달려 있지 않다.

"AP는 가득 찼어. 평소처럼 갈까?"

아키라가 『스카이 폴』을 들었다.

"그래. 충격파로 끌어서, 다가올 때 오의를 넣을게."

나는 미리 『디스트라 서클』을 엉뚱한 방향으로 전개, MP를 텅 비웠다.

"오의 넣으면 어그로 가져갈게?"

야노는 총을 짊어지고 양손으로 방패를 들었다.

"그리고, 『검의 춤』이 들어가면 한 번 더 하는 거지?"

"그래. 아키라, 잘 부탁해."

"나는 유우나와 타카시로의 회복이겠네."

"여유가 있으면 저 적에게도 회복마법을 걸어봐 줄래? 언데드니까 대미지가 들어갈 거야. 그게 어느 정도 통하는지 신경이 쓰이거든."

마에다가 평범한 공격마법을 쓰면 아마 대미지는 거의 들어가지 않을 거다.

레벨차가 많이 나는 상대에게는 스테이터스 차이에 의한 대미지 감소가 심해진다.

그러나 회복마법이 언데드에게 대미지를 주는 건 이미 상식이다.

극단적인 약점인 경우가 많다.

즉, 레벨차하고는 아무 상관없이 크게 깎아버릴지도 모른다.

그걸 봐두고 싶었다.

"알았어. 해볼게."

"그럼 간다~. 다들, 준비는 OK?

""""오케이~.""""

아키라는 우리의 대답을 듣자 『스카이 폴』의 충격파를 쐈다.

데들리 제너럴에게 히트. 그러나 대미지는 고작 12.

역시 레벨차가 너무 심해서 대미지가 들어가지 않는다.

공격을 받은 적은 아키라 쪽으로 맹렬하게 돌진했다.
나는 적과 아키라 사이에 섰다.
뒤에서 마에다가 회복마법의 영창을 시작했다.
자, 그럼. 일단 한 방 가볼까!
"안녕! 죽어라아아아아!"
"너무해?! 무슨 악역도 아니구!"
야노의 태클을 등으로 받아내면서 나는 오의를 준비했다.
한발 먼저 마에다의 회복마법이 적에게 적중했다.
그것이 레벨차가 느껴지지 않는 대미지를 발휘했다.

코토미의 엑스 힐이 발동. 데들리 제너럴에게 253의 대미지!

직후에 내 오의가 불을 뿜었다!

렌의 데드 엔드가 발동. 데들리 제너럴에게 2401의 대미지!

그런 로그가 표시되며, 데들리 제너럴의 HP 바가 단숨에 깎였다.
HP가 0이 된 적은 울음소리를 내지르며 쓰러져서 사라졌다.
좋았어, 격파. 당하기 전에 해치웠다. 완봉승 왔다~!
"뀨뀨뀨~!"

류도 뭔가 흥분한 듯이 좋아하고 있었다.

뭐, 생각보다 더 간단하게 해치웠다. 이거라면 앞으로 나아갈 수 있을지도.

그렇게 생각한 직후였다—.

"""""우오오오오오오오오옹!"""""

이 문 안쪽 플로어도 위쪽과 마찬가지로 벽 이곳저곳에 미라 같은 것들이 파묻혀 있었다.

그것이, 일제히 움직였다!

"뭐엇?!"

""""꺄아아악?!""""

"뀨뀨뀨뀨뀨~?!"

맵 오브제라고 생각하고 있어서 허를 찔린 바람에 엄청나게 놀랐다.

유령의 집에 들어가면 벽에서 일제히 손을 뻗어오는 그런 장치 같다.

여성진은 힘차게 비명을 질렀고, 류도 허둥지둥하고 있었다.

크림슨 머미　레벨 78　잔뜩

피투성이의 붉은 붕대를 두른 미라. 무시무시하고 흉포해 보이는 얼굴.

그 녀석들이 일제히 나를 향해 덮쳐왔다.

그 기세는 마치 아이돌 악수회에 몰려오는 팬들 같다.

여성진은 놀라서 움직이지 못했다.

그 상태에서, HP 1인 내가 레벨이 세 배인 적에게 둘러싸이면—.

"어흑……!"

응, 뭐 당연히 죽지. HP 1이니까.

오의 직후의 맨손 가드로는 가드 대미지를 입는 게 불가피하니까.

그래서 나는 멋지게 조금 전 선배들과 같은 꼴을 당했다.

나를 해치운 머미 군단은 옆에 있는 다른 일행들도 덮쳤고—.

네, 전멸입니다. 요즘 꽤 자주 전멸하는 것 같네.

뭐, 2학년 선배라도 열 명이 덤벼서 전멸하는 던전이다.

그리 잘 풀리지는 않겠지. 이건 뭔가 타개책을 생각해야겠다.

큭큭큭. 저레벨 제약은 이렇게 굴러가야 제맛이지! 타오르는걸!

제 9 장 당했다면, 원인을 분석해서 대책을 검토한다.

보물찾기 피크닉이 설마 하던 전멸로 막을 내린 다음 날.

나는 수업 시작 전 아침 일찍 UW에 로그인했다.

신경 쓰이는 점이 있었기 때문이다.

어제는 전멸 후 해산해서 나도 그대로 로그아웃했다.

밥을 먹거나 목욕탕에 들어가는 등 이것저것 하면서 고민했다.

그리고 확인하고 싶은 게 있어서 신경이 쓰인 나머지 그만 일찍 일어나고 말았다.

밤 열 시가 넘으면 아침 여섯 시까지 로그인할 수 없는 사양이니까.

뭔가 떠오르면 바로 검증하고 싶은 내게는 반죽음 같은 사양이다.

하지만 이렇게 아침 일찍 일어나는 건 건강에 좋으니까 괜찮나?

뭔가 떠오르고 바로 시험을 해봤다면 틀림없이 밤을 새웠을 테니, 다음 날에는 수면 부족이었겠지.

그러면 수업 중에 수면시간을 보충하게 된다.

그게 결국 시험 점수에 영향을 주고, MEP가 적어지게 되어 게임 내에서 내 목을 조르게 되겠지.

응. 가능해 가능해.

그걸 시스템으로 막아주는 거니까 좋게 생각하자.

그런고로 나는 전송 룸을 통해 아우미슈르 대고분 근처로 워프.

어제의 정답 루트 입구를 통해 내부로 들어갔다.

그러자 낯익은 얼굴의 선객이 있었다.

"어라? 마에다, 좋은 아침."

"아, 타카시로? 좋은 아침—."

"어쩐 일이야? 이런 이른 시간에."

"어제는 굳이 따지자면 내가 말을 꺼내서 왔는데 전멸해버렸잖아? 모두에게 미안하니까, 조금이나마 공략의 도움이 될 정보가 없을까 해서……."

"그렇구나……. 하지만 뭐, 저레벨 제약이라는 말을 꺼낸 건 나니까, 주로 내 탓인 것 같은데."

"뭐, 그렇게 말할 수도 있겠지만……."

애매모호한 표정은 변하지 않았다.

성실하다고나 할까, 의리가 있다고나 할까. 착하다니까.

하지만 너무 신경을 쓰는 것 같다. 전멸 같은 건 대단한 일도 아닌데.

게임이니까 그것도 즐기면 되고.

"음……."

뭔가 말해주고 싶지만 뭐라 말해야 좋을까.

"왜? 무슨 일 있어?"

"아니, 음…… 아. 저기, 난 지금부터 가볍게 죽고 오려고 하는데 같이 어때?"

"뭐어?!"

"뭐, 이걸로 서로 원망하기는 없는 걸로 하자고."

"아— 응, 상관은 없지만…… 일부러 죽으러 가는 거야?"

"아니, 결과적으로는 그렇게 되겠지만, 조금 조사해보고 싶은 게 있어서."

"흐으응…… 알았어. 같이 갈게."

이렇게 해서 우리는 둘이서 파티를 짰다. 그 구멍함정에 떨어져서 열쇠 문 앞으로.

나는 열쇠를 써서 안쪽의 문을 열며 말했다.

"게임은 말이지. 실패가 가벼운 게 좋은 점이라고 생각해."

"가벼워?"

"딱히 정말로 죽는 것도 아니고, 사망 페널티로 조금 경험치가 줄어드는 정도잖아? 현실에서의 실패는 그리 간단히 넘길 수 없잖아? 어제도 죽었지만 나는 즐거웠어. 그건 예측하지 못했으니까 웃겼고. 그러니 신경이 쓰여서 다시 죽으러 온 거야."

"혹시 죽는 게 취미야?"

"아니, 그렇진 않지만…… 뭐, 필요하다면 몇 번이든 당해도 상관없고 즐거우니까. 이번에도 알고 싶은 것들을 알 수 있을 테니 기대돼. 음, 뭐랄까, 스스로도 무슨 소리를 하는지 잘 모르겠지만…… 나는 마에다와 같이 게임을 하면서 즐거우니까, 편하게 가자고."

"……고마워. 확실히 나도 너무 신경을 쓰는 것 같아. 뭔가에 실패하는 게 무섭다는 것도 있고."

"그럼 뭐, UW에서 잔뜩 실패해서 익숙해지자고. 마에다가 뭔가 하지 않더라도 나나 아키라가 마구 해버릴 테니까, 말려들게 될 것 같지만."

"후후…… 민폐네. 그래도, 응. 기대돼."

"그런고로 바로 말려들게 될 텐데 괜찮겠어?"

우리는 문 안쪽 통로. 마침 어제 선배들이 전멸한 곳 근처에 섰다.

여기도 벽 이곳저곳에 미라 같은 것들이 파묻혀 있다.

"어쩔 건데?"

"응. 어제 이 녀석들이 움직여서 덮쳤잖아?"

나는 미라가 파묻힌 벽을 툭툭 두드렸다.

하지만 반응은 없다. 이름이나 간이 스테이터스도 보이지 않는다. 풍경에 완전히 동화하고 있다.

"응. 크림슨 머미라고 했었어."

"그래. 이 녀석들, 지금은 완전히 무해한 느낌이지만, 뭔가에 반응해서 덮치지?"

"그러게. 갑작스러워서 정말로 죽을 만큼 놀랐어."

"그게 뭔가 싶어서. 조건을 안다면 피할 수 있을지도 몰라. 그리고 떠오른 것들을 지금부터 시험해보려고. 예상대로라면 이 녀석들이 움직일 거야."

"그렇게 되면— 당하겠네."

"그렇지. 뭣하면 밖으로 피난할래?"

"같이 있을게. 피차일반이 되지 않잖아."

역시 의리가 있다.

"그럼, 시험해보자."

마에다가 끄덕이는 걸 본 나는 광범위 『디스트라 서클』을 영창.

MP가 텅 비었다. 이것으로는 벽의 머미들도 반응하지 않았다.

다음으로, 문장술사의 스킬 『턴 오버』를 발동. HP가 1이 되고 MP가 풀로 찼다.

그러자—.

""""""우오오오오오오오오옹!""""""

벽에 파묻혀 있던 크림슨 머미들이 움직였다!

그리고 나도 마에다도 너덜너덜하게 얻어맞아 전멸—.

응, 그래. 예상대로야!

일단 사망 귀환을 하고—.

전멸한 우리는 학원 내에 있는 홈 포인트로 돌아갔다.

죽고 나서 돌아갈 때는 등록한 홈 포인트로 돌아가게 된다.

그 자리에서 작전 회의.

"후우…… 알고는 있었지만 그건 역시 무섭네."

"응, 예상대로 죽었지."

"그걸로 뭘 알았어?"

"응. 적이 움직이는 조건. 예상대로 생명 감지야."

선공형 몬스터가 플레이어를 포착해서 덮쳐오는 인식 방법.

이것에는 몇 가지 종류가 있다.

뭐, 간단한 건 시각 범위에 들어온 녀석을 덮치는 시각 감지.

그리고 발소리에 반응해서 덮쳐오는 청각 감지.

이런 것들이 대표적이지만, HP가 줄어든 플레이어에 반응하는 생명 감지라는 감지방법도 있다.

오브제로 보이던 그것은 전부 선공형 몬스터고, 감지방법으로는 생명 감지만 있는 거겠지.

내가 오의를 썼을 때 HP가 1이 되었으니까 그것에 반응한 거다.

다시 말해—.

"생명 감지— 그렇다면 거기서 『데드 엔드』를 쓰면 반드시……?"

"그래. 크림슨 머미 악수회가 벌어지겠지. 즉, 전멸."

“그럼 『데드 엔드』는 쓸 수 없겠네.”

“그렇겠지.”

“안 되잖아! 그거에 의존하고 있었는데.”

“아니아니, 그걸 알게 된 것만으로도 전진이라고.”

그 지형에서 『데드 엔드』를 쓰면 안 됨. 절대로. 봉인 필수. 이건 확정됐다.

“순순히 레벨을 올릴 수밖에 없는 걸까……?”

“그러면 시험을 치는 편이 빠른 것 같은데.”

레벨 60대의 선배들로도 전멸했으니까.

지금 우리는 25~30 정도지만, 앞으로 점점 레벨 업에 필요한 경험치도 늘어나서 올리기 힘들어진다.

“일단은 포기할 수밖에 없어?”

“그러기는 아직 일러. 시험해볼 수 있는 건 전부 시험해볼 때까지 포기할 수 없으니까.”

“뭔가 있어?”

“얼마 전에 흑룡 디아블로한테서 얻었잖아? 용언어 마법.”

“아아. 『디아볼릭 하울』?”

그렇다. 반 대항 미션의 보스전에서 용언어 마법이 드롭되었단 말이지.

학자 전용 마법으로, 드래곤계 강적에게서 마법 스크롤을 얻어서 익힐 수밖에 없다는 그거다. 입수 경로가 레어한 것 치고는 성능이 시원찮아서 쓰레기 취급을 받는다고 하지만.

운 좋게 드롭되었으니까 일단 익혀두라고 마에다에게 줬었다.

"응응. 확실히 상대의 HP를 절반으로 만드는 효과였지?"

꽤나 좋은 효과라고 생각한다. 맞으면 말이지만.

"그렇지만— 나보다 레벨이 낮은 적에게 써도 거의 맞지 않았는데? 몇 배나 레벨이 높은 상대에게 통할지는……."

"뭐, 그렇지. 그렇게 쓰기 좋았다면 다들 훨씬 많이 썼겠지."

"응. 게다가 소비 MP도 굉장해. 150이나 쓰고."

참고로 지금 마에다의 최대 MP는 200보다 조금 많은 정도. 꽤나 무겁다.

이렇게나 무거우면 조금 효과가 좋더라도 쓰기 힘들겠지.

게다가 좀처럼 맞지도 않는다면— 뭐, 쓸모없는 아이 취급을 받을 만하다.

그렇지만 백문이 불여일견이므로 실제로 봐두고 싶다.

"일단 어떤 느낌인지 쓰는 모습을 봐도 될까?"

"응, 상관은 없지만."

그렇게 해서 우리는 전송 룸으로 가서 트리니스티 섬 제1층으로 워프했다.

아키라가 올 때까지 한 달 동안 내 이런저런 검증에 함께 해줬던 아일랜드 버니 사부님에게 가서 다시 제자 입문을 하기 위해서다.

워프해서 마을 바깥으로 나와 바깥을 뿅뿅 뛰어다니는 아일랜드 버니 사부님을 포착.

이게 버니라는 이름이긴 한데, 캥거루 같은 스타일이다.

얼굴 생김새도 왠지 어벙한 느낌이라 미워할 수 없다.

너무 귀여운 것도 아니라서 실험대로 삼아도 마음은 그리 아프지 않다.

즉, 딱 좋은 사부님이라는 뜻이다.

"그럼 일단, 한 방 부탁합니다."

"응."

마에다는 고개를 끄덕이고 『디아볼릭 하울』의 영창에 들어갔다.

마법 영창 중에는 영창 모션과 마나 입자가 몸을 덮는 이펙트가 들어간다.

마법마다 영창에 필요한 시간은 정해져 있고, 그 사이에 움직이면 영창이 중단된다.

요컨대 마법을 외울 때는 발을 멈추지 않으면 안 된다는 뜻이다.

"『디아볼릭 하울』!"

영창이 종료되자, 거대한 드래곤의 얼굴 형상을 한 에너지 덩어리가 나타났다.

그것이 울부짖으면서 아일랜드 버니를 물어뜯었다.

오오. 이펙트가 멋있다. 화려하네.

그리고, 그 결과—.

디아볼릭 하울이 발동! 아일랜드 버니는 저항했다!

아, 안 통했네. 최약 클래스한테도 빗나가는 건가.

"……어렵네."

"자자, 한 번 빗나갔을 뿐이고. 어느 정도 확률적인 부분을 알고 싶은 거니까, 몇 번 더 쏴줄래?"

"알았어. 몇 번 정도 쏘면 될까?"

"으음, 딱 맞춰서 100번 정도?"

"뭐어?! 그렇게나?!"

"역시 어느 정도 시행횟수가 없으면 우연에 좌우되잖아? 사실은 그걸로도 적을 정도지만, 뭐 최소한으로."

"그건 뭐, 이해가 가지만…… 아오야기가 올 때까지, 타카시로는 줄곧 이런 일을 했었어?"

"물론이지! 즐겁다고? 데이터 취득!"

"……뭐, 뭐어 즐기는 방법은 사람에 따라 다르니까."

"좋았어, 앞으로 99번 가보자!"

그런고로 펑고 100번 개시—.

—자, 종료.

"후우. 겨우 끝났네……."

"수고했어. 100번 중 30번 명중이었네."

역시 명중률이 낮다. 소비 MP가 5나 10이었다면 한가할 때 쏴도 괜찮다.

그러나 150이나 쓰는데 이래서는 도저히 실용 범위라고 할 수 없다.

"역시, 솔직히 쓸 만하진 않네."

마에다는 소비한 MP를 힐링 모션으로 회복시키며 답했다.

방식은 단순해서, 발을 멈춘 상태에서 손을 맞대고 눈을 감을 뿐.

그러면 힐링의 연녹색 광망 이펙트가 나와서 서서히 HP와 MP가 회복된다.

전투 중이든 비전투 중이든 쓸 수 있지만, 비전투 중이라면 효과가 상당히 높다.

"지금 상태라면 그렇게밖에 말할 수 없네. 그리고, 여기서 하나 더 시도해보고 싶은데."

"이 이상 뭘 더 시험해보는데?"

"응, 『매직 인게이지』를 하면 어떻게 되나 해서."

반 대항 미션 우승 상품으로 받은 탤런트.

합성 마법을 쓸 수 있는 그거다.

"『매직 인게이지』라…… 아직 시험해보지 않았었네."

"문장술사의 서클계 마법은 저항 없이 반드시 들어가잖아? 합성하면 『디아볼릭 하울』의 명중률이 올라가지 않을까

해서."

"가능할지도— 해보자!"

"좋아. 그럼, 자."

나는 마에다에게 손을 뻗었다.

『매직 인게이지』를 쓸 때는 인게이지하는 상대와 손을 잡은 상태에서 『매직 인게이지』 스킬을 사용할 필요가 있다.

이걸로 누구와 누가 마법 합성을 하는지를 판정한다.

거기서 각자 마법을 외우면 합성되어 발동하는 구조다.

"아— 그, 그러네. 손을 잡고 쓰는 거니까……."

왠지 우물쭈물하고 있었다.

"응?"

"자, 잠깐만 기다려."

손수건을 꺼내서 열심히 손을 슥삭슥삭.

아이템 중에 손수건도 있었나.

"게임이니까 손이 더러워지는 일은 없지 않아?"

"그, 그래도 기분 문제니까…… 자."

마에다가 조심스럽게 내 손을 쥐었다. 매끈매끈하고 부드러운 손이었다.

이런 부분의 감촉이 리얼한 게 정말 대단하다니까. 수수께끼의 기술력이다.

"그럼 해보자!"

"응."

“““『매직 인게이지』!””

동시에 스킬 발동. 전용 특수 이펙트가 우리를 감쌌다.

자, 지금부터 각각 마법 영창에 들어간다.

마에다는 물론 『디아볼릭 하울』.

나는 뭐, 서클계라면 뭐든 좋다.

여기서는 MND(정신)를 내리는 효과를 가진 『디마인 서클』을 선택.

MND는 마법에 대한 저항율에 영향을 주니까, 조금이라도 확률이 올라가지 않을까 싶다.

“『디아볼릭 하울』!”

“『디마인 서클』!”

우리의 마법 영창이 종료. 자, 어떤 느낌이 될까?

내가 범위 지정을 한, 근처에 있던 아일랜드 버니의 발밑에 문장진이 전개되었다.

능력 저하 아이콘이 아일랜드 버니에게 들어왔다.

여기까지는 평범한 『디마인 서클』인가? 그리고—.

지면에 전개된 문장진의 색이 붉은색에 가깝게 변했다.

그리고 문장진 안에서 『디아볼릭 하울』의 드래곤 헤드가 뛰쳐나왔다.

그것이 포효를 내지르며 아일랜드 버니를 깨물어서 HP 바가 7할 가까이 깎였다.

“오오, 맞았다!”

"왠지 HP 감소가 조금 많아지지 않았어?"

마에다는 그렇게 말하면서 반격하러 온 아일랜드 버니를 지팡이로 두들겨 쓰러뜨렸다.

조금 전부터 해오고 있었으니까 이제 공기 취급이다.

학자가 직접 공격력이 약하다고는 해도 최저 레벨 몬스터를 쓰러뜨리는 건 간단하다.

"그것도 포함해서 또 계속 쏴보며 검증을 해보자고. 100번 더 가자!"

"에엑, 또?! 아, 그래도…… 응, 알았어."

마에다는 왠지 조금 기쁜 듯한 미소를 지으며 끄덕였다.

의욕이 생긴 것은 좋은 일이다.

그렇게 다시 펑고 100번 두 번째로 개시—.

—자, 종료.

"……좋네!"

"응. 극적으로 달라졌어!"

『매직 인게이지』로 써본 결과는 대박이었다.

놀랍게도 명중률 100퍼센트. 100번 쏴서 100번 맞았다.

이건 완전 내성 말고는 필중이지 않을까?

게다가 『디아볼릭 하울』의 HP 반감 효과가 증가했다.

역시 HP가 반감이 아니라 7할 정도 깎였다.

“이건 좋은 발견이네! 용언어 마법은『매직 인게이지』전제인 건가.”

UW 가이드북에는 초보적인 내용밖에 실려있지 않다.

『매직 인게이지』에서 무엇과 무엇의 조합이 강한지까지는 적혀있지 않았다.

그래서 손수 더듬어가며 개척할 필요가 있지만, 이건 좋은 조합을 발견했다.

문장술사와 학자도 상성이 괜찮네.

문장술사 본래의 서클계 마법이 활용되는 것도 기쁘다.

왜냐하면 나는 문장술사의 서클계 마법을 MP를 버리는 수단으로만 쓰고 있었으니까.

“편리하네. 이거, 실은 꽤 유명한 조합 아닐까?”

“글쎄다. 왕관 달린 녀석에게는 전혀 통하지 않을 것 같은데. 그렇지 않다면 문장술사나 학자도 조금 더 세간의 평가가 좋지 않았을까?”

“정말로 중요할 때는 도움이 되지 않으니까 좋은 평가를 받지 못했다는 거야?”

“그런 느낌이라고 생각해.”

게다가 너무 강한 잡졸 몬스터를 잡는 건 틈새시장 같은 행위다.

이 게임에서 잡졸 몬스터의 경험치는 이쪽의 레벨차에 따라 결정된다.

그것에는 상한이 있어서, 대략 자기보다 레벨이 10 정도 높은 상대라면 맥스 점수다.

아우미슈르 대고분 안의 적은 우리보다 수십이나 위지만, 쓰러뜨려도 경험치로는 10레벨 위의 녀석하고 똑같을 거다. 솔직히 의미가 없다. 취미의 범위다.

취미 행위에서 진가를 발휘한다고 해봐야 직업 평가와는 이어지지 않는다.

"하지만 우리의 지금 과제는 강한 잡졸 몬스터를 어떻게 하냐는 거니까, 이건 쓸 만해. 희망이 생긴 거 아닐까?"

"응, 그러네."

"조금 더 강한 적에게 시험해보고 싶네. 아직 신경 쓰이는 게 있고."

먼저 그 아우미슈르 대고분의 적은 언데드였다.

어쩌면 언데드에게는 통하지 않을지도 모른다.

그리고 『매직 인게이지』로 쓴 마법의 어그로가 어떻게 되는지도 모른다.

그쪽을 파악해두고 싶었다.

"장소를 옮길까?"

"그러게. 10층으로 올라가서 언데드계 녀석 상대로 조금 싸봐보자."

그런고로 워프로 10층으로 이동.

적당히 레벨 20 정도의 언데드 적을 물색했다.

파이터 스켈레톤 레벨 19

응, 이거다. 바로『매직 인게이지』를 써봤다.

검과 방패를 든 해골 몬스터에게 합체마법이 발동했다.

HP 바가 쭈욱 줄었다. 오오, 통하네. 좋아 좋아.

그리고 공격을 받은 적은 우리를 공격하러 다가왔다.

마법으로 요격하려는 마에다를 내가 막았다.

"잠깐, 마에다. 한동안 공격 금지. 방어도 회피도 하지 말고, 묵묵히 공격을 맞아줘."

"응? 알았어."

파이터 스켈레톤은 마에다를 향해 검을 휘둘렀다.

히트. 마에다의 HP가 줄었다.

그러자 스켈레톤은 빙글 돌아서 내게 다가와 공격했다.

히트. 내 HP도 줄었다.

스켈레톤이 빙글 돌아서 마에다를 바라봤다. 그쪽으로 가서 공격.

히트. 다음에는 또 내게—.

이런 느낌으로, 나와 마에다를 왔다 갔다 하며 핑퐁 상태다.

"그렇구나……. 이제 됐어. 마에다. 쓰러뜨리자."

마에다는 고개를 끄덕이며 마법을 영창.

"『엑스 힐』!"

회복마법을 맞은 스켈레톤은 HP가 0이 되어 와르르 무너졌다.

"……으~음. 그렇구나. 이건 조금 고민해봐야겠는데."

"응? 뭘?"

"아니, 이걸 보니 나와 마에다의 어그로가 절반씩 나뉜 것 같아서."

"몬스터의 거동을 보니까 그러네."

적 몬스터는 가장 어그로를 많이 쌓은 플레이어를 공격하게 되어있다.

그리고 이쪽이 공격을 맞으면 어그로가 줄어든다. 즉, 감소한다.

방금 스켈레톤이 핑퐁 상태였던 건 공격을 한 방 먹여서 어그로가 줄어들어 나와 마에다의 어그로 수치가 바뀌었기 때문이다.

우선하는 목표가 휙휙 변했던 거다.

즉, 원래 어그로가 거의 동일하다는 뜻이 된다.

대미지는 『디아볼릭 하울』에서밖에 나오지 않았다.

그러나 합체마법이라 그런지 내게도 어그로가 절반 왔던 것 같다.

하지만 이렇게 되면…… 곤란한 일이 발생한다.

지금 이대로 가면 안 된다. 뭔가 등을 밀어줄 요소 하나가 더 필요하겠어.

거기서 또 한 가지를 확인하기 위해 우리는 8층으로 내려왔다.

그리고 왕관 달린 아이언 제미니에게 합체마법.

이번에는 통하지 않았다. 역시 왕관 달린 녀석에게는 안 통하는군. —이크. 메모 메모.

거기서 갑자기 차임벨이 울렸다.

시스템 메시지가 로그 윈도우에 표시되었다.

—곧 조회시간입니다. 학생 여러분은 서둘러 학원으로 돌아와 주세요.

"아, 벌써 수업 시간인가. 일단 돌아갈까."

"그래. 서두르자. 나머지는 방과 후에 또."

이렇게 해서 일단 검증은 끝났다.

하지만 꽤 수확은 있었다. 어떻게든 될지도 모른다고 생각할 정도로.

◆◇◆

자, 방과 후 종료—.

나는 길드숍 거리로 나왔다.

다른 일행 세 명도 함께다. 그리고 류도.

아침의 검증 작업 때는 내 로브의 후드에 들어가서 푹 자고 있었다.

아직 어려서 잘 잔다. 뭐, 지금은 기운차게 우리 주변을 파닥파닥 날고 있다.

“그래서, 뭘 찾을 거야? 렌.”

“일단 가드 성능이 높은 지팡이를 갖고 싶어. 그리고 만약 있다면 방패도. 야노가 지금 쓰는 방패는 뭐였더라?”

“응? 여기.”

야노가 아이템 윈도우를 열어서 보여줬다.

듀얼 실드

종류 : 방패　장비 가능 레벨 : 27　가드 성능 : 144

특수성능 : 없음

응. 뭐 레벨에 맞는 방패네.

특수한 스펙도 없다.

“이것보다 가드 성능이 높은 게 있다면 매입 대상이야. 그래도 최우선은 지팡이.”

“타카시로의 지팡이는 어떤데?”

“아아, 나는―.”

아이언 스태프

종류 : 지팡이　장비 가능 레벨 : 21　공격력 : 17

획득 AP : 10

가드 성능 : 55　가드 브레이크 성능 : 20

특수능력 : INT +8　MND +4　MAX MP +12

방패에 비하면 가드 성능이 최악. 이걸 어떻게든 해야 한다.

하지 못하면 아우미슈르 대고분에 재도전하는 건 힘들다.

내가 지금 합성으로 만들 수 있는 레시피로는 이게 한계.

지금으로서는 가게에서 뭔가 좋은 걸 구입할 수밖에 없을 것 같아서 여기에 온 거다.

레어 몬스터에게서 나오는 드롭 장비는 합성으로 만들 수 없는 게 많으니까.

"흠흠. 뭐, 잘 모르겠지만 알겠어."

"아무튼 가드 성능만 높으면 되는 거지?"

"그래. 그리고 너무 비싸면 못 사."

"가게가 엄청 많네. 일단 닥치는 대로 찾아보자!"

일단 눈에 띄는 적당한 가게로 들어갔다.

"오, 어서 와!"

듬직한 체격을 가진, 그야말로 유도부 같은 체육계 3학년 선배가 가게를 보고 있었다.

그 선배는 나를 보더니 신기한 표정을 지었다.

"오. 1학년인데 용이 딸려 있잖아. 호오, 네가 올해 첫 번째 MVP냐?"

류가 있으면 단번에 알아채는 것 같네.

"네. 뭐, 어쩌다 보니."

"게다가 문장술사라니 신기한데. 원래 MVP를 따내는 건 마검사나 성기사나 마도사인데…… 재미있어 보이는 녀석인걸."

아아, 이건 권유 패턴 같은데.

"그래서, 뭔가 찾는 거라도 있냐? 적당히 상품 리스트라도 전부 볼래?"

그러나 내 예상은 빗나갔다.

천연덕스럽게 흘려버리고 장사 이야기로 들어갔다. 이건 의외네.

"……."

"응? 뭐야?"

"아뇨. 용을 갖고 있으니까 길드 가입 권유를 자주 받아서…… 지금도 그런 건가 싶었는데 아니어서 놀랐는데요."

"응? 권유해줬으면 했어?"

"아뇨, 그런 건 아니지만."

"뭐, 우리는 격투를 좋아하는 격투가 전문 길드니까. 유감이지만 너는 대상 밖이야."

"아아, 그런가요. 그런 방향성의 길드도 있나 보네요."

"전원 격투가로 파티를 짜서 활동하는 건가요?"

아키라가 질문했다.

"그렇지. 힐러가 없어서 뭘 해도 힘들다니까. 하지만 취미에 몰두하는 것도 나쁘지 않아. 마지막에는 즐기는 자가 승자라고."

그건 그것대로 괜찮은 것 같다. 다들 자기만의 로망을 추구하며 즐기면 된다. 게임이니까.

나도 전혀 남 말할 수 없는 스타일로 해오고 있으니 말이지.

"그래서, 어쩔래? 상품 리스트 볼 거냐?"

"아, 지팡이와 방패만 보여주실 수 있나요? 저희 레벨에서 장비 가능하고, 가드 성능이 높은 걸 찾고 있는데요."

"가드 성능이라. 잠깐 기다려. 이런 게 있는데— 레어 몬스터 드롭품이거든."

광신자의 지팡이 (O)

종류 : 지팡이　장비 가능 레벨 : 25

공격력 : 3　획득 AP : 7

가드 성능 : 256　가드 브레이크 성능 : 6

특수성능 : INT −60　MND −60　MAX MP −50

광신자의 방패 (O)

종류 : 방패　장비 가능 레벨 : 25　가드 성능 : 320

특수성능 : INT −60　MND −60　MAX MP −50

우오오오오오! 좋은 게 있잖아! 이거야 이거, 이런 걸 갖고 싶었다고.

특수성능에서 엄청 마이너스가 붙어있지만 상관없다.

"이거, 얼마인가요?!"

"아아, 방패는 150만 미라야."

"비싸!"

못 사잖아! 무리!

"지팡이는 1만 미라고."

"싸다!"

살 수 있어 살 수 있어! 이건 무조건 사야 한다. 무조건 산다 산다 산다.

"가격차가 너무 나는데요~."

방패가 비싸서 야노가 불만스러운 표정을 지었다.

"그렇지만 대부분 어디든 이 정도라고 생각하는데?"

"뭐, 용도를 생각하면 그렇게 되겠지만……."

"무슨 소리야?"

마에다가 물었다.

"지팡이를 드는 직업이 적에게 공격을 받는 경우는 별로 없잖아? 물러나서 마법을 쓸 뿐이니까. 그런데 이건 가드만 무식하게 높고 마법계 스탯이 내려가는 터무니없이 의미 불명인 물건이잖아?"

"뭐…… 그러네."

"반대로 탱커는 방패의 가드 성능이 조금이라도 높은 게 좋지? MP가 내려가는 건 뼈아프지만, INT와 MND는 필요 없다면 필요 없는 스탯이고. 지팡이는 용도 불명 아이템이라 수요가 없지만, 방패는 좋은 거라서 수요가 많은 거지."

"그렇구나, 수요의 차이 때문에 가격이 뛰어오른 거네. 오프라인 게임은 비슷한 시리즈의 장비면 다들 비슷한 가격이니까 놀랐어. 온라인 게임은 아이템 가격에 시장 원리가 작용하는 거구나……. 사람끼리의 거래니까 당연한 건가."

마에다는 조금 감탄한 듯이 끄덕였다.

확실히 온라인 게임이 처음이라면 이런 가격차가 신선하게 비칠지도.

"아~ 확실히 그렇지."

그러나 그건 내게는 바라마지 않는 일이다.

이 쓰레기 취급의 용도 불명 아이템이야말로, 내게는 비밀병기가 될 것이 틀림없다.

"그럼 이 지팡이 살게요!"

"그래, 사줘서 고맙다."

가게를 나오자 나는 즉시 모두에게 말했다.

"이걸로 갈 수 있을지도—. 한 번 더 아우미슈르 대고분에 도전해보자!"

우리는 잠시 준비를 한 뒤에 이동하기로 했다—.

제 10 장 대고분에 재도전

자, 대고분의 열쇠를 써서 문 안쪽으로 도착.

여기서부터는 실수 한 번만 해도 전멸 코스다.

여기에 올 때까지 배틀의 흐름을 서로 상의했다. 나머지는 실천만이 있을 뿐.

최초의 작은 방, 얼마 전 우리가 전멸한 지점으로 왔다.

역시 데들리 제너럴이 한 마리 머물고 있다.

이 상대에게 HP가 생명 감지에 걸리는 영역까지 떨어지면, 벽에서 머미 군단이 우르르 나와서 전멸하게 된다. 아무튼 HP를 높게 유지하는 게 앞으로 나아가는 절대 조건이다.

"그럼 가자, 마에다. 준비는 됐어?"

"응!"

나와 마에다는 데들리 제너럴의 감지 범위 바깥에서 합체 마법을 쐈다.

당연히 이건 히트. 단숨에 HP 7할이 깎였다.

공격을 맞은 적은 당연히 우리에게 돌진했다.

"얍, 어그로는 내 거!"

적의 공격이 날아오기 전에 야노가 마에다에게 『길티 스틸』.

이걸로 나와 야노가 적의 어그로를 반반씩 가져가게 되었다.

참고로 야노는 이미 총은 등에 짊어지고 방패 장비. 가드 특화 스타일이다.

적의 첫 번째 공격은 야노에게 향했다.

돌진해서 도끼를 내리치는 공격을 야노가 완벽하게 가드했다.

가드 대미지는 입었지만 HP가 1할 정도 줄었을 뿐. 생명 감지가 반응하기엔 멀었다.

"후우~ 실수하지 말아야겠다고 의식하니 긴장되네."

야노가 적의 공격을 가드하자 이번에는 내가 타깃이 되었다.

어그로가 반반이니까 마에다와 검증했을 때처럼 핑퐁 현상이 일어났다.

여기서 내 지팡이가 예전의 『아이언 스태프』였다면 위험해졌을 거다.

가드 성능이 낮으니까 가드해도 대미지가 크게 입는다.

하지만 이 신병기 『광신자의 지팡이』라면—.

나는 데들리 제너럴이 전투도끼로 휩쓰는 공격을 간파해서 가드.

데들리 제너럴의 공격. 렌은 공격을 가드했다!

오오, 노 대미지 왔다! 스탯 투자로 VIT에 특화된 것과 지팡이의 엄청난 가드 성능 덕분이지!

이어서 몸을 통째로 회전하며 휩쓸기. 거체를 살린 몸통 박치기. 그것들을 가드해서 노 대미지로 넘어갔다.

그렇지만 방어에 몰두해야하니까, 지금부터 대미지는 다른 사람이 벌어줘야 한다.

"아키라, 부탁해!"

"응!"

아키라는 『스카이 폴』을 바닥에 꽂고 그 주변에서 스텝을 밟기 시작했다.

귀여운 안무를 보이며 빙글 회전하자 커다란 가슴이 그에 맞춰 흔들렸다.

뭐랄까, 건강한 색기를 흩뿌리고 있네.

뭐, 저건 이런 움직임이니까 어쩔 수 없다. 마지막으로 결정 포즈. 귀엽다.

거기서—.

"오의! 『세인트 크레센트』!"

『스카이 폴』을 뽑아 가로 베기 일섬.

검의 궤도가 초승달로 파생하여 데들리 제너럴에게 맞았다.

그러자 회복을 받았을 때의 이펙트가 발생했다.

언데드이므로 그것이 대미지가 된다.

아키라의 세인트 크레센트가 발동. 데들리 제너럴에게 539의 대미지!

이것은 소드 댄서의 범위 회복 효과인 『힐 스텝 플러스』와 한손검 아츠인 『크레센트 슬래시』를 탤런트로 합성한 오의다.

효과로는 범위 회복. 『힐 스텝 플러스』의 회복력이 아츠의 공격력에 실린 느낌이지만, 특성으로는 마법에 가까우니까 레벨이 무척 높은 상대에게도 평범하게 히트한다.

무엇보다 통상 회복 댄스는 아군에게밖에 걸 수 없지만, 이게 오의로 변하면서 적, 아군 관련 없이 맞출 수 있는 게 포인트. 언데드에게 맞추면 대미지 소스가 된다.

"아앙, 조금 남았어!"

아키라가 오의를 먹였지만 데들리 제너럴은 아직 쓰러지지 않았다.

앞으로 조금 남았는데. 아깝네.

"그럼 한 방 더—!"

『세인트 크레센트』의 소비 AP는 180. 아키라의 최대 AP는 450.

전투에 들어가기 전에 가득 차도록 대기하고 있었으니까 연사할 수는 있다.

"잠깐만, 내가!"

개막 합체마법을 쏜 후, 힐링을 이어가던 마에다가 움직였다.

코토미의 엑스 힐이 발동. 데들리 제너럴에게 246의 대미지!

이걸로 데들리 제너럴의 HP는 0. 신음소리를 내며 쓰러져서 사라졌다.

"좋~았어! 갈 수 있어!"

작전을 짠 보람이 있었다.

반 대항 미션의 상품이 여러모로 도움이 되고 있네.

쓸 수 있는 건 뭐든 최대한 활용해야지!

"해냈다!"

"타카시로의 계산대로네."

"좋았어! 길드를 만들어서 1인실 1인실!"

"자이언트 킬링 자이언트 킬링!"

"나의 수호룡 나의 수호룡!"

"마이 부유섬에서 보이는 절경 절경!"

신바람이 난 우리의 마음속 외침이다. 물욕이 노골적이네.

자, 계속 가자! 우리는 신중하게 힐링을 해서 회복하고 안으로 나아갔다.

"근데 말이야. 사람이 필사적으로 가드하고 있을 때 그 기나긴 무희 댄스를 추는 거 조금 짜증나지 않아? 그치? 코토미."

"어? 그, 글쎄……."

"까~앙. 어, 어쩔 수 없잖아. 나도 부끄럽다고……!"

“자자. 확실히 조금 안쓰러운 느낌은 있지만, 귀여우니까 나는 대환영이야.”

“……응, 유우나. 짜증나네.”

“아! 마에다까지…… 그런 모션이란 말이야. 바꿀 수 없다고…….”

“그야 앗키가 잘못한 건 아니지만. 뭐랄까, 소드 댄서의 장비나 모션 설정한 녀석은 너무 약삭빨라서 징그럽지 않느냐, 그런 얘기야.”

“그건 하면서도 굉장한 것 같아! 아무튼 동작 하나하나나 장비가 부끄럽다니까.”

“뭐랄까, 남자 시선에서 보고 싶은 걸 억지로 시키고 있다는 느낌? 그런 거 있지 않아?”

“……어떤 의미로는 성희롱이네.”

으~음. 역시 여자가 하고 싶지 않은 직업 넘버 원이군. 불평이 심하다.

“뭐, 그래도 성능은 좋으니까. 일단 남자도 할 수 있고―.”

내가 타이르면서 나아가자 다시 작은 방이 나왔다.

작은 방과 작은 방이 통로로 이어져 있는 구조인 것 같다.

이번에는 데들리 제너럴이 두 마리라―.

“같은 방법으로 가자.”

합체마법도 아키라의 오의도 범위 공격이다. 두 마리가 말려들어도 괜찮을 거다.

내 예상은 맞았다. 이 방도 생명 감지에 걸리지 않고 클리어할 수 있었다.

그로부터 연속해서 몇 개 클리어했지만, 방 하나당 적은 대부분 한두 마리.

점점 익숙해져서 팍팍 진행했다.

적과 레벨차가 있어서 경험치도 짭짤하다.

나 28, 아키라 28, 마에다 29, 야노가 31로 올랐다.

순조롭군 순조로워. 이대로 갈 수 있는 곳까지 가보자—!

"오? 계단이네."

계층이 변하면 적이 강해지기도 한다. 조심해서 가야겠다.

계단을 내려가서 아래층으로. 내려가자 바로 작은 방이 있었고, 안에는 적이 있었다.

데들리 제너럴　레벨 81×3

에인션트 돌　레벨 82×2

아, 다섯 마리나 있네.

게다가 에인션트 돌은 매직 돌 계열이라 언데드가 아니다.

이건 돌파하기 힘들겠네. 역시 난이도가 올라갔다.

"으~음…… 전부 언데드였던 게 돌파하기 쉬웠는데."

"그렇게 쉽지는 않다는 거네. 어쩔 거야? 렌."

"일단 여느 때처럼 『매직 인게이지』부터 들어가서, 그리고—."

우리는 작전을 상의했다.

"이거 괜찮아? 상대는 다섯 마리인데 위험하지 않아?"

"확실히 위험한 기분이 드는데……."

"해보자! 분명 괜찮을 거야!"

야노와 마에다는 불안해 보였지만 아키라는 의욕적이었다.

"걱정할 것 없어, 해보자!"

"으음, 뭐 앗키가 그렇게 말한다면야."

"해볼까."

아키라가 밀어줘서 작전이 결정됐다.

먼저 선수, 적 다섯 마리를 한꺼번에 넣는 범위로 『매직 인게이지』의 합체마법.

그게 멋지게 히트해서 다섯 마리가 우글우글 몰려왔다.

"자, 코토미~!"

야노의 『길티 스틸』.

나와 야노가 어그로를 절반씩. 여기까지는 여느 때와 같다.

여태까지는 아키라의 오의를 써서 언데드에게 회복 공격을 걸었었다.

하지만 지금 하면 에인션트 돌이 회복하고 만다.

그건 곤란하니까, 이번에는 다른 수단으로 간다.

나는 지팡이를 들고, 야노는 방패를 들고 적의 공격에 대비했다.

그때 뒤에서 마에다의 마법이 발동했다.

"『리벤지 블래스트』!"

적의 공격에 고정 반격 대미지를 발생시키는 마법벽을 치는 주문이다.

대상은 아군 한 명, 그걸 나에게 걸었다.

데들리 제너럴의 공격. 렌은 공격을 가드했다!
데들리 제너럴에게 10의 반격 대미지!

가드했더니 이런 식으로 적에게 약간 대미지가 들어갔다.

내게는 데들리 제너럴 두 마리와 에인션트 돌 한 마리가 와서 3대 1. 야노에게는 두 마리가 갔다.

에인션트 돌의 공격. 유우나는 가드. 32의 대미지.

야노는 조금 가드 대미지를 입었다.

그러자 어그로가 조금 줄어서 그 녀석의 어그로 우선순위가 바뀌어 내게 찾아왔다.

결국 내 앞에 적이 다섯 마리. 어그로가 빠지기는커녕 반격 대미지가 발생해서 가드해도 가드해도 내게 더욱 어그로가 집중되는 구조다.

하지만, 그게 노림수다.

나는 다음에 펼쳐지는 공격을 간파해서 닥치는 대로 가드했다.

데들리 제너럴의 도끼와 몸통박치기. 에인션트 돌의 가시 철퇴가 펼치는 불규칙한 공격. 그것들을 모두.

데들리 제너럴의 움직임은 실컷 봤다.

에인션트 돌도 하위 돌계는 봤다. 모션은 거의 동일하다.

가드 대미지를 입지 않는다면— 아무리 AGI가 낮고 움직임이 느린 문장술사라도 모든 공격을 가드하는 건 그리 어렵지 않다.

적이 모션을 취하는 전조로 다음 공격을 판단. 그 범위에서 축을 틀어버리는 위치로 움직인다.

그럼에도 맞는 궤도의 공격만 가드한다.

데들리 제너럴의 몸통박치기는 가드해도 넉백을 당하니 주의.

반대로 계산하면 다른 적의 공격 회피에 쓸 수 있으니까 이용할 것.

적도 이쪽도 움직이니까 시시각각 최적의 대응은 변하지만—.

이론적으로는 이걸 반복하면 될 뿐이다.

문제는 예측의 정확함과, 반응속도가 그걸 따라잡느냐, 그것뿐.

전투에 들어가기 전, 나는 다섯 마리라면 버틸 수 있으니까 공격을 막아보겠다고 말했다.

마에다와 야노는 불안해 보였지만 어떻게든 유지할 수 있을 것 같다.

"어, 엄청나네. 타카시로—! 정말로 한 대도 맞지 않고 있어……!"

"우와앗, 뭐야 저거! 문장술사는 AGI가 낮아서 움직임도 둔한데— 왜 저렇게 적이 많은데 직격을 한 방도 안 맞아?! 치사하지 않아?!"

"뭐, 렌이니까. 상대의 움직임을 보면서 어떻게 움직여야 버틸 수 있을지 판단하는 게 엄청 빠르고 정확하거든. 그건 스테이터스가 아니라 플레이어 스킬 부분이니까…… AGI가 낮은 것하고는 상관없어."

어째서인지 아키라가 자랑스러워했다.

"어~이! 다들 내가 버티고 있는 사이 공격을 좀 해줘……!"

그런 수순이었잖아—?

내가 미끼가 되는 사이에 언데드가 아닌 에인션트 돌을 먼저 쓰러뜨리는 거다.

"으앗! 순간 까먹었잖아!"

"오~케이! 지금 갈게!"

야노는 방패에서 총으로 무기를 바꿨다.

아키라는 『스카이 폴』로 에인션트 돌을 베었다.

레벨이 엄청 격차가 나니까 스테이터스 차이로 회피 당했다.

총질이 서툴러도 많이 쏘면 맞는다 작전. 대미지가 0이 아니니까 억지로 밀어붙인다.

야노는 총을 들더니 지금까지 방패 방어로 모아둔 AP를 써서 오의를 발동.

"오의! 『섀도 블래스터』!"

공적이나 사냥꾼이 익히는 스킬 『스텔스 샷』과 총 아츠인 『더블 블래스트』를 합성한 오의였다.

『스텔스 샷』은 몸이 반투명해지는 이펙트로, 효과 중에는 사격 공격에 어그로가 쌓이지 않는다. 그리고 2연사를 하는 총 아츠를 조합해서 어그로 없이 강력한 아츠 공격을 할 수 있다. 역시 어그로가 없는 게 포인트다.

원래 야노도 합체 마법의 어그로를 절반 갖고 있다.

섣불리 공격하다가 내 어그로를 웃돌아서 공격을 당할지도 모른다.

그러면 방패를 갖지 못한 지금은 간단히 빈사상태에 빠져서 생명 감지에 걸릴 거다.

하지만 어그로가 없다면 여기서 내가 당하지 않는 한 마구 공격해도 좋다.

야노의 오의가 직격.

그럼에도 부족한 약간의 양은 아키라의 억지 공격과 『스텔스 샷』의 효과가 지속 중인 야노의 총격으로 깎아냈다.

총은 원래 회피 불가 효과가 있다. 격이 높은 상대에게도 맞추기 쉬운 무기다.

에인션트 돌 한 마리가 쓰러졌다.

이어서 두 번째도 같은 시퀀스로 쓰러졌다.

남은 데들리 제너럴 세 마리. 이렇게 되면 이후에는 여유롭다.

"좋아! 내가 갈게! 오의! 『세인트 크레센트』!"

데들리 제너럴 세 마리가 한꺼번에 빈사.

거기서 마에다가 한 마리씩 『엑스 힐』을 쏴서 마무리했다.

"좋았어어어어! 갈 수 있어 갈 수 있어! 앞으로 더 갈 수 있겠어!"

"해냈다아! 이겼네!"

"조금 어려울 것 같았는데……!"

"타카시로가 멋지게 적을 막아준 덕분이야!"

"후후후후…… 뭐, 그렇지. 그 정도쯤이야!"

귀여운 아이가 칭찬을 해줬으니 순순히 으스대봤다!

"근데 말이지. 문장술사로 그렇게 움직일 수 있으면, 마검사나 격투가처럼 AGI가 높고 적을 공격하기 쉬운 근접 캐릭터 쪽이 플레이어 스킬을 더 잘 살릴 수 있지 않아?"

"오의의 큰 대미지는 굉장해도, 평소에는 적의 정면에 설 수 없으니까."

"그야 그럴지도 모르지만, 우수한 직업에는 흥미가 없어."

나는 기본적으로 뒤에서 필요할 때만 상대를 일격필살하는 암살 스타일이다.

탱커나 근접 캐릭터는 안정적으로 어그로를 버는 수단이 필요하지만, 그것과는 정반대다.

우선 공격대상이 되기 위한 도발 스킬도 없거니와, 오의 말고는 대미지 어그로도 벌지 못하기 때문이다.

내게 있는 건 그저 순간 화력뿐. 아무리 노력해봤자 로망포다.

지금 하는 행동은 어디까지나 이레귤러. 옵션에 지나지 않는다.

"하하하…… 뭐, 망캐 마이스터니까 그야 그러네."

"왠지 아깝네……. 이렇게 잘 하는데."

"렌이야 원래 이러니까, 누가 뭐라고 해도 안 고쳐질걸?"

"역시 아키라는 말이 통한다니까!"

"통하는 게 아니라, 바보니까 어쩔 수 없다고 포기하고 있는 거거든?"

"뭐라고?! 경악의 새 사실!"

"후후후. 타카시로와 아오야기는 정말 사이가 좋네."

"타카시로. 코토미가 부러우니까 자기하고도 노닥거려달라고 그러는데?"

"그, 그런 말 안 했어! 무슨 소리를 하는 거야, 바보 유우나!"

"아얏?! 때릴 것까지는 없잖아, 코토미. 모처럼 의역해준 건데?"

"쓸데없는 참견이야! 자, 앞으로 가자!"

마에다가 선두에 서서 성큼성큼 나아갔다.

여느 때처럼 나아가긴 했는데, 앞선 곳과는 달리 꽤 복잡한 미로 같았다.

그럼에도 어떻게든 실수하지 않고 적을 쓰러뜨렸다.

그렇게 탐색을 이어가는 사이에도 마에다는 류에게 부지런히 먹이를 주고 있었지만—.

"뀨~뀨~! 뀨~뀨~!"

갑자기 기운차게 울더니 몸이 빛나기 시작했다!

"응?!"

"오오?! 빛나고 있네?!"

"류한테 무슨 일이?!"

"배, 배가 아프기라도 한 걸까……?!"

나는 내 로그를 확인해봤다.

류의 성장 단계가 올라갔습니다! 습득할 스킬을 선택해주세요.

호오……?!

"오오. 좋은 효과 같은데! 성장했으니까 스킬을 익힐 수 있대."

좋지, 좋아. 육성의 묘미라니까. 뭘 익힐 수 있을까?

선택지를 확인.

리제네레이트(상시 발동)

〈효과〉 수호룡 근처에 있는 플레이어의 HP가
서서히 회복됩니다.
마스터 이외의 파티 멤버에게도 유효합니다.
회복량은 1초당 5HP입니다.

오토 채집(상시 발동)

〈효과〉 근처에 소재 수집 포인트가 있을 경우,
때때로 자동으로 소재를 회수합니다(채집 도구는 불필요).
마스터가 로그아웃한 동안에도 소재를 수집할 수 있습니다.

타깃 마커(상시 발동)

〈효과〉 범위 마법이나 범위 스킬 발동 포인트가 될 수 있습니다.
대상은 마스터가 사용하는 마법 및 스킬뿐입니다.
설치계 마법이나 스킬을 받은 경우,
수호룡이 이동하면 그에 맞춰 효과 범위도 이동합니다.

어느 것도 상시발동형 서포트 효과군.

흠흠흠. 아~ 이거 갖고 싶은 게 두 개가 있네.

하지만 갖고 싶은 정도로 따져보니, 딱 하나로 정할 수 있었다.

이거네. 이거.

"뭘 익힐 수 있는데?"

"이 메시지를 봐봐. 『리제네레이트』, 『오토 채집』, 『타깃 마커』라는데."

나는 윈도우를 확대 표시해서 일행들에게 보여줬다.

"다들 뭐가 좋은 것 같아?"

"『리제네레이트』아냐? 파티 멤버에게도 효과가 있고, HP 회복 수단은 많으면 많을수록 좋다구."

"안전제일이네."

마에다가 야노의 의견에 수긍했다.

"하지만 『오토 채집』도 버리기는 힘들지도. 이 게임은 강제 로그아웃 시간이 있으니까, 죽은 시간을 유효활용할 수 있잖아."

아키라의 의견은 지당해서 나도 이것에 매력을 느꼈다.

"오, 그럼 『타깃 마커』로 하자."

나는 『타깃 마커』를 선택해서 결정했다.

"그럼, 이라니 남의 의견을 전혀 안 들었잖아!"

"들을 의미가 있었어……?"

"렌, 왜 그거야?"

"『리제네레이트』는 『데드 엔드』를 쓸 때의 HP 1 조절을 무너뜨릴 가능성이 있으니까. 오히려 조금 방해가 되거든. 『오토 채집』은 고민됐지만, 『타깃 마커』가 문장술사에게는 상당히 좋을 것 같아서. 우선도로 해서 이쪽이야."

당장 시험해보자. 나는 『디바이트 서클』의 영창을 개시.

오오, 『타깃 마커』의 효과로 류를 타깃으로 지정할 수 있다.

류를 타깃으로 발동! 빛의 원진이 류 주변에 발생.

"류. 잠깐 주변을 빙글빙글 돌아줘!"

"뀨!"

경례 같은 포즈를 취한 류가 우리 주변을 빙글빙글 돌았다.

그러자 전개된 서클도 류에게 달라붙어서 이동했다.

그래그래, 이거! 서클 이동이 가능하게 되었다는 거다.

"문장술사의 서클은 전개한 후에는 움직일 수 없었으니까. 이건 초진화야! 류, 좋아! 나이스 나이스!"

"뀨~뀨~뀨~!"

내가 칭찬하자 류는 만족스러워 보였다. 응, 귀엽네.

"오호~. 움직이는 건 알겠는데, 이게 왜 기쁜 거야?"

"어그로를 관리할 수 있다면, 적은 움직이지 않으니까 서클이 움직일 필요도 없잖아?"

야노와 마에다는 별로 납득이 안 가는 것 같다.

“대인전용이라는 거지? 류보고 상대를 쫓아가라고 하면 쓸 수 있게 되니까.”

대인전은 어그로 같은 건 상관없으니 설치형 서클은 보고 여유롭게 회피할 수 있다.

류의 능력으로 서클을 움직일 수 있게 되면, 확실히 대인전에서도 쓸 만해진다.

“그것도 맞긴 하지만, 나로서는 문장술사의 가능성을 좀 더 넓히고 싶어서. 조만간 검증해서 모두에게 보여줄게. 지금은 전진하자.”

지금은 실수 한 번이면 전멸하는 던전을 공략 중이다. 그쪽에 집중해야겠지.

그리고 앞으로 나아간 우리는 황금으로 빛나는 엄청 호화로운 문을 발견했다.

“음?! 뭔가 그야말로 보물이 있다는 느낌의 문 발견!”

“정말이네. 하지만……!”

“뭐, 당연히 그럴 줄 알았지만……!”

“으~음. 어디, 어떻게 할까……!”

문 앞에는 문지기가 있었다.

데들리 킹　레벨 99　왕관 아이콘(레어 몬스터)

이거 위험한 게 나왔는데.

방금 데들리 제너럴의 상위종이다.

명백하게 격이 높다는 느낌이 풍기는 보물이 장식된 황금 갑옷에, 제너럴의 두 배 이상은 되어 보이는 듬직한 체격. 눈 안쪽이 새빨갛게 반짝이고 있고, 들고 있는 칠흑의 양손검도 흉흉한 오라를 풍겼다.

스켈레톤이라면 스켈레톤인데, 품격이 있어서 멋있다.

그런 녀석이 데들리 제너럴 여섯 마리를 곁에 거느리고 있었다.

합계 일곱 마리의 문지기가 보물고로 보이는 문을 지키는 중이다.

"우와…… 저기, 타카시로, 이거 어쩔 거야?"

"나한테 물어봐야……. 이거 세 보이네……."

"이럴 때는 뭔가 생각해내는 게 네 역할이잖아? 자, 빨리 빨리!"

나, 뭔가 굉장한 편리 캐릭터 취급을 받고 있는데.

"언제나 나만 이렇다는 건에 대해서……."

"그렇게나 타카시로를 믿고 있다는 거야. 뭔가 떠오르는 거 없어?"

"렌, 완전히 군사 포지션이네. 공명 힘내라~."

"난 유비 포지션이 좋은데. 부하한테 맡겨도 살아갈 수 있을 것 같고."

농담을 나누면서 필사적으로 생각했다.

으~음. 여기는 『데드 엔드』를 봉인해야 하는 제약 던전이니까 말이지.

꽤 깊이 들어왔으니, 가능하면 이번에 목표였던 물건을 얻고 싶은데.

으~음…… 아. 그래. 딱히 저 녀석을 쓰러뜨릴 필요는 없잖아.

안쪽 보물고만 들어갈 수 있다면…….

나중에 검증해서 모두에게 보여준다고 했지만, 지금 여기서 해볼까?

잘 될지는 모르겠지만— 이것밖에는 생각나지 않는다. 좋아, 해볼까!

"좋아. 이기는 건 포기할까?"

나는 웃으며 제안했다.

"뭐어! 여기까지 와서 빈손으로 돌아가는 건 싫다구!"

내 제안에 야노가 불만스러운 표정을 지었다.

"아니, 보물을 포기한다는 게 아니라."

"그럼 어떻게 할 건데? 타카시로."

"그래. 이기는 건 포기하고, 저 녀석들을 미끼가 유인하는 사이에 보물을 털자고. 저 문 안쪽이 보물고 같은 느낌이 팍팍 드니까. 미끼는 내가 할게."

"렌만? 어떻게 할 건데? 또 가드해서 방어력으로 밀어붙이기?"

"아니, 킹의 공격은 역시 노 대미지로는 막을 수 없을 것 같으니까, 류에게 맡겨보자. 아까 말했던 새로운 가능성이라는 녀석. 여기서 시험해보겠어."

나는 『고대 왕족의 열쇠』를 아키라에게 넘겼다.

"내가 저 녀석들을 유인할게. 다들 그 틈에 안으로 들어가서 보물 회수 잘 부탁해."

"괜찮겠어? 류의 그거라니 서클이 움직이는 거 말이지?"

"괜찮아! 실수하면 실수하는 대로 귀중한 검증 데이터 하나를 얻을 수 있으니, 그건 그것대로 좋은 일이야! 나로서는 어떻게 굴러도 이득이니까!"

"아니, 그건 괜찮은 이유가 아니거든!"

"후후. 타카시로는 이럴 때는 언제나 무척 즐거워 보이네."

"검증충이라니까. 응, 열심히 해봐. 기대하고 있을게."

야노는 약간 그렇지만, 아키라와 마에다는 따스하게 지켜봐 주려는 것 같다.

"좋~았어……. 그럼 간다. 적이 문 앞에서 떨어지면 바로 안으로 들어가."

나는 그런 말을 남기고 마법 영창에 들어갔다.

"『디어질 서클』!"

AGI를 내리는 효과다.

효과 범위는 꽤 넓게. 서 있는 적 일곱 마리가 모두 말려드는 범위로.

발동. 빛의 원진이 류를 중심으로 넓어졌다.

그걸 본 아키라가 눈치 빠르게 손을 탁 내리쳤다.

"아! 렌의 『디어질 서클』은, 혹시 둔화 효과가 있어?!"

"그래, 물론 있지!"

"우와……! 그렇구나, 이건 엄청난 일이 벌어질지도……!"

그걸 뒤에서 들으면서 류에게 말을 걸었다.

"류! 이쪽으로 와!"

나는 류를 안았고— 좋아, 간다!

보물고 문 앞으로 대시.

어느 정도 접근해서 적의 감지 범위로 들어갔다.

데들리 킹을 선두로 적 일곱 마리가 일제히 움직였다.

좋아, 도망치자!

급브레이크. 빙글 돌아 도주. 술래잡기 전개다.

적은 나를 감지해서 덮쳐오고 있으니까 다른 일행은 무시하고 나를 쫓아왔다.

다른 일행이 교대해서 보물고 문으로 향했다.

좋아좋아. 하지만 여기서 따라잡혀서 당하면 적은 원래 위치로 돌아간다.

그럼 이번에는 다른 일행이 당할 뿐이다. 그렇게 되지 않도록 계속 도망쳐주겠어!

레벨차가 상당히 나니까 적이 이동속도가 더 빠르다.

그러나 AGI에 따른 이동속도 차이는 100과 200이 두 배

빠른 건 아니다.

속도의 기준치가 있고, 거기에 스테이터스 보너스가 살짝 붙는 느낌.

종족차가 꽤 크다. 사족보행의 짐승계 적은 기본적으로 발이 빠르다.

스켈레톤계는 느린 편이다. 기본적으로 움직임이 느릿느릿하다.

그렇지만 조금 전에도 느꼈듯이 지금은 상대가 발이 빠르다.

보물고 문이 있는 큰방 출구 부근에 있었는데, 벌써 적은 나와의 거리를 상당히 좁혀왔다.

"뀨~! 뀨뀨~!"

"괜찮아! 그리 간단히 따라잡히지는 않아!"

데들리 킹이 류를 중심으로 펼쳐진『디어질 서클』을 밟았다.

그리고 그 순간 스피드가 부쩍 떨어졌다.

나는 발을 멈추지 않고 다시 거리를 벌렸다.

서클 범위 밖으로 나오자 킹은 다시 가속.

거리가 좁아져서 서클을 밟자 거기서 다시 둔화.

이하 루프.

"뀨뀨?"

"서클 밖이라면 저 녀석들이 더 빠르지만, 안이라면 이쪽이 더 빨라!"

서클의 효과로 이동속도가 내려간다.

그렇기에 서클 안과 밖이라면 이런 역전현상이 벌어진다.

즉, 내가 류를 안고 이렇게 서클을 전개하고 있는 한, 상대는 따라잡을 수 없다.

『디어질 서클』은 AGI 25퍼센트를 깎는다.

그리고 아키라한테도 말했지만, 추가효과로 동시에 발도 25퍼센트 느려진다.

서클 범위에 들어와도 저쪽이 더 빨랐다면 아웃이었다.

연습 없이 실전에서 도박을 해봤는데, 노림수가 맞아떨어졌다.

"제대로 걸렸어! 이대로 도망치자!"

이렇게 적을 끌고 다니는 것을 게임에서는 카이팅이나 마라톤이라 부른다.

내가 『타깃 마커』를 선택한 이유는 이 전법에 응용할 수 있다는 걸 떠올렸기 때문이다.

서클을 저항할 수 없다는 점이 크다.

전개하면서 이동만 할 수 있다면, 이건 일종의 무적 필드가 될 수 있다.

이걸로 독이나 슬립 공격도 병용할 수 있다면, 문자 그대로 슬금슬금 농락하며 죽이는 것도 가능해진다. 꽤나 강력한 수단이다. 지금은 그런 방도가 없지만.

자, 슬슬 서클의 효과 시간이 1분 이하로 떨어지는군. 다시 걸어야겠다.

나는 발을 멈췄다. 서둘러서 영창.

적은 서클 중심으로 천천히 다가오고 있다.

영창이 먼저 끝났다. 서클이 다시 걸렸다. 다시 뛰어서 거리를 벌렸다.

좋아, 다시 거는 것도 늦지 않아!

후후후. 이대로 끝없이 끌고 다녀 주겠어!

뭣하면 바깥까지 도망쳐볼까!

온 길을 성큼성큼 돌아갔다. 몇 번이고 서클을 다시 걸었다.

그러자 이번에는 MP가 위험해졌다.

하지만 아직 멀었어—!

"턴 오버!"

HP 한 자릿수. MP 풀.

이걸 하면 당연히—.

""""""우오오오오오오오오옹!""""""

크림슨 머미　레벨 78　잔뜩

왔다 왔다! 악수회 또다시!

그러나 류를 알고 있는 나는 항상 『디어질 서클』의 중심에 있다.

머미들의 속도는 느리니 포위되기 전에 여유롭게 그 자리에서 도망칠 수 있다.

다시 도망치고 도망치고 도망쳐서—.

점점 밖으로 통하는 출구까지 갈 수 있을 것 같은 기분이 들었다. 어디 가볼까!

문득 신경이 쓰여서 살짝 뒤를 돌아봤다.

그건 너무나도 터무니없는 광경이었다.

이 던전은 모든 벽에 생명 감지가 붙은 크림슨 머미가 묻혀있다.

그 안을 HP 한 자릿수로 달린 결과, 수백 마리의 빨간 머미가 뒤쪽에!

엄청난 몬스터 트레인이다! 이렇게 대규모인 건 본 적도 없어!

데들리 킹의 금빛 번쩍번쩍이 붉은색에 메워져서 보이지 않아!

평범한 온라인 게임이라면 너무나도 적의 숫자가 많아서 화면 표시 처리가 다운될 것 같다.

그러나 역시 VRMMO는 그런 일이 일어나지 않아서 박력이 넘쳤다.

왠지 웃기는데! 굉장해!

"푸하하하하핫! 뭐야 이거 굉장해에에에! 재미있어어어!"

나는 크게 웃음을 터뜨리며 출구로 다가갔다.

저 모퉁이를 오른쪽으로 돌고, 다음 두 번째 모퉁이에서

왼쪽으로 돌면 출구!

갈 수 있어 갈 수 있어 갈 수 있어! 나는 갈 수 있어! 승리로 가는 위닝 런이다!

그리고 잠시 뒤, 나는 던전 밖으로 뛰쳐나왔다.

이야~ 푸른 하늘이 눈에 선하네!

"좋았어어어어어! 결승점 통과다! 하~앗하하! 이겼다 이겼어!"

나를 쫓아오던 언데드 군단은 밖으로 나오지 못하는 것 같다.

입구 쪽에서 보이지 않는 벽에 가로막힌 듯이 멈췄다.

서식 구역 바깥이라는 느낌이네.

대부분의 온라인 게임은 몹마다 존재 가능한 구역이 정해져 있으니까.

그걸 넘어서 이동하지 못한다. 잠시 뒤 지정 구역으로 돌아갈 것이다.

이런 설계 사상은 이 UW에서도 똑같은 것 같다.

"류, 잘 했어! 엄청 도움이 됐어. 고맙다!"

"뀨~뀨~ 뀨뀨뀨~!"

텐션이 오른 나는 류를 마구 쓰다듬었다. 류도 기뻐하는 것 같다.

그런 가운데 언데드 무리 속에서 유일하게 입구를 넘어서 밖으로 나온 녀석이 있었다.

그것은 금빛으로 반짝이는 위엄 있는 갑옷을 입은, 멋진 스켈레톤이었다.

"데들리 킹만큼은 나올 수 있는 건가―. 역시 킹이네!"

자, 어떻게 할까―.

다른 일행이 보물고를 탐색하는 시간은 이제 충분히 벌었다.

그렇다면― 조금 보너스 스테이지에 도전해볼까!

후학을 위해, 내 일격이 얼마나 대미지를 줄 수 있을지 체크하고 싶으니까.

"류! 해보자!"

"뀨우!"

나는 광범위 『디스트라 서클』을 영창해서 남은 MP를 모두 비웠다.

그리고 『지팡이칼』의 헤드를 돌려서 오의의 자세를 취했다.

데들리 킹은 이쪽으로 다가오더니 눈빛을 더욱 붉게 빛냈다.

그러더니 신음소리를 내며 칠흑의 양손검을 크게 휘둘렀다.

―큰 동작의, 세로 베기! 이거라면 피하면서 파고들 수 있나!

문장술사의 AGI은 낮지만, 판단과 움직이는 타이밍이 빠르다면!

쿠우웅!

그것은 칠흑의 양손검이 지면을 뚫는 소리였다. 내게는 맞지 않았다!

"가라아아아아! 오의『데드 엔드』으으!"

적의 품으로 파고든 나는 곧장 오의를 사용했다.

렌의 데드 엔드가 발동. 데들리 킹에게 2561의 대미지!

좋아, 맞았다! 하지만— HP 바의 움직임은 아주 작았다.

역시 레벨 99의 레어 몬스터는 격이 다르네.

나는 그렇게 생각하면서 즉시 장비 무기를『광신자의 지팡이』로 바꿨다.

적은 오의 대미지를 입고 순간 허리를 젖혔기에 최속 실행이라면 교환이 가능했다.

직후 데들리 킹은 품으로 파고든 내게 앞발차기를 날렸다.

피하는 건 늦었다. 가드할 수밖에 없어!

가드 대미지를 입으면 즉사. 끝장이겠지!

데들리 킹의 공격. 렌은 공격을 가드했다!

좋았어, 가드할 수 있어!

뭐, 그냥 발차기니까 킹에게는 격투게임의 약발 같은 공격이었겠지.

하지만 이걸 가드할 수 있다는 건—.

가급적 이 약발만 쓰도록 위치를 잡고 사수할 수 있다면, 꽤 버틸 수 있지 않을까?

약발을 유발하는 위치를 잡는다는 건 다시 말해 밀착. 오히려 가장 접근한 위치가 안전지대라는 거다!

나는 발차기를 가드로 막으면서 데들리 킹에게 계속 밀착했다.

때때로 검을 휘두르며 회전하는 공격이 왔지만, 빈도도 적고 모션도 크기 때문에 회피가 가능했다.

단, 회피를 위해 물러나므로 그때 다시 거리가 벌어진다.

그렇게 되면 다시 검을 피하며 품으로 파고들 필요가 있다.

그것도 크게 휘두르는 세로 베기를 가늠해서 가면 불가능하지 않다.

다른 공격의 전조가 보이면 크게 거리를 벌리면 된다.

파고들기, 접근, 가드, 후퇴의 반복이 이루어졌다.

이 패턴을 계속하면 시간을 벌 수 있다.

이윽고 5분이 지나고, 오의를 구성하는 스킬 『파이널 스트라이크』, 『턴 오버』의 재사용이 가능해졌다.

한 방 더 쏠 수 있어—!

마침 그때 나는 킹에게 한껏 접근해서 발차기를 가드로 막고 있었다.

직후에 킹은 회전 베기를 위해 몸을 트는 거동을 보였다.

좋아, 지금!

나는 그 틈에 크게 물러났고 더욱 후방으로 뛰어서 거리를 벌렸다.

거기서 아이템 박스를 열고 최속 처리로 합성을 개시. 『지팡이칼』을 합성했다.

장비 변경. 킹이 접근해서 큰 동작의 세로 베기를 쓸 전조를 보였다.

놓치지 않겠다! 두 번째 고!

렌의 데드 엔드가 발동. 데들리 킹에게 2561의 대미지!

좋아, 계속 이 루프로 갈 수 있을 때까지 간다!

나는 즉석으로 찾아낸 루프를 의지하여 계속 그것을 반복하기로 했다.

그리고— 얼마나 지났을까.

나는 데들리 킹의 HP를 절반 정도까지 깎았다.

아직 멀었어. 할 수 있을 때까지 철저하게 해보자고!

그때였다.

"괜찮아?!"

아. 얼마 전에 봤던 2학년 선배다.

미우라 신스케(2-B)

레벨 68 성기사 파티 리더

오오. HP가 회복됐다. 힐을 걸어준 것 같다.

"타카시로! 괜찮다면 저 녀석을 쓰러뜨리는데 협력할 텐데, 어쩔 거야?!"

힐끔 옆을 보자, 선배들은 전과 마찬가지로 레벨 60대가 열 명 정도.

이렇게나 가세를 해준다면, 정말로 쓰러뜨릴 수 있을지도?

고집을 부릴 필요도 없다. 여기서는 고맙게 협력을 받도록 하자.

"부탁드립니다!"

"좋아, 알았어! 『가디언 포스』!"

미우라 선배는 곧장 스킬을 발동해서 나를 가드하는 위치를 잡았다.

데들리 킹의 맹공을 받아내면서 내게 말을 걸었다.

"네가 혼자 이 녀석을 끄집어내서 여기까지 깎아낸 거야?!"

"그런데요—! 뭐, 정확하게는 이 녀석의 힘도 빌렸지만요!"

나는 류에게 시선을 보냈다.

"그 레벨인데 너는 굉장하네! 터무니없는 녀석이야! 실제로 보지 않았다면 도저히 믿을 수 없었을 거야!"

다른 선배들도 저마다 전열, 후열에 각각 위치를 잡고 전투를 개시.

자, 여기서 나는 어떻게 할까?

일단 어그로는 내가 확연하게 높을 테니까 지금까지와 같은 움직임으로 이쪽 파티와 맞출 수밖에 없나.

그렇게 생각하고 있었는데—.

『후후후후…… 나와 여기까지 싸울 수 있을 줄이야—.』

데들리 킹이 말했다아아아아아아!

이봐이봐, 역시 고레벨인 거냐!

기분 탓인지 스켈레톤인데도 기쁜 듯이 씨익 웃은 것처럼 보였다.

『그 힘에 경의를 표하며— 나의 오의를 보여주마!』

데들리 킹은 양손으로 검을 들고, 지면에 푹 꽂았다.

『똑똑히 보아라! 《붉은 재앙(레드 디재스터)》!』

쿠와아아아아아아아아아아앙!

데들리 킹의 오의가 발동하자 지면에 꽂힌 검을 중심으로 맹렬한 불꽃이 뿜어져 나왔다. 그것이 방사형으로 퍼져서 우리를 태워버렸다.

순식간에 눈앞이 시뻘건 불꽃으로 덮였다.

광범위에다 고속의 필살검에 나와 선배들은 손쓸 도리도 없이 말려들었다.

“““우아아아아아아악?!”””

그리고— 그 자리에 서 있는 것은 데들리 킹뿐이었다.

응, 뭐. 전원 일격사했다…….

HP가 깎이고 나서 진심을 드러내는 건가.

과연. 이 기술에 대책을 세우지 않으면 못 이기겠는데.

데들리 킹 세잖아. 역시 레벨 99의 레어 몬스터다.

『후후후후…… 다시 찾아오너라. 용감한 전사들이여—.』

데들리 킹은 의기양양하게 말하고는 위풍당당하게 던전 안으로 돌아갔다. 스켈레톤 주제에 진짜 멋있는 녀석이네…….

하지만 유감이군! 네가 지키고 있던 보물고는 우리 여성진이 털었으니까!

돌아가서 놀라거라!

그래도 왠지 저 킹은 배틀 중독자 같은 느낌이니, 보물고를 미끼 삼아 싸우고 싶을 뿐인 캐릭터일지도 모른다.

뭐, 아무튼 즐거웠다! 언젠가 쓰러뜨려 주마. 데들리 킹!

“하하하…… 이거 면목이 없네. 도우러 온 사람이 열 명이나 모였는데 즉사하다니…….”

나와 마찬가지로 바닥과 키스하고 있는 미우라 선배가 미안한 듯이 말했다.

“아뇨아뇨, 감사합니다. 말려들게 해버려서 죄송하네요.”

“사과할 필요는 없어. 우리는 데들리 킹의 격파가 목적이었으니까. 바깥까지 나오다니, 바라마지 않는 찬스였거든.”

“흐음…… 뭔가 좋은 거라도 떨구나요?”

“그래. 무기나 방어구도 그렇지만. 너도 봤지? 그 녀석의 오의. 쓰러뜨리면 붉은 재앙(레드 디재스터)을 습득할 수 있는 오의서를 떨어뜨려. 위력도 있고, 어느 무기라도 쓸 수 있는 오의라서 편리해.”

“오호라! 그거 좋네요!”

좋은 목표네! 언젠가 쓰러뜨려서 습득하자!

“그럼 돌아갈까. 또 어딘가에서 함께 하면 잘 부탁해.”

“네. 그럴까요, 돌아가죠―.”

사망 귀환이다. 다른 일행은 『길드 설립 허가증』을 얻어냈을까?

그럼, 홈 포인트로 고!

에필로그

다음날—.

"후아암…… 조금 늦잠을 잤네."

나는 아침 일곱 시를 넘은 시간에 UW에 로그인했다.

아침 일찍 길드 하우스가 준비된다고 들었다.

그래서 아침 일찍 로그인하려고 했지만 한 시간이나 더 자버렸다.

결국 내가 적을 유인하는 동안 다른 일행은 『길드 설립 허가증』을 발견했다.

바로 길드 설립 절차를 밟았고, 다음날까지 기다리라고 하기에 그날은 바로 로그아웃해서 지금에 이른다.

"뀨~뀨~!"

로그인하자 류가 내게 달라붙었다.

좋은 아침이라는 인사인가. 귀엽네.

어제 로그아웃했을 때는 학원 전송 룸 앞이었다.

나는 류를 안고 전송 룸으로 갔다.

그리고 전송 행선지를 보자 길드 하우스라는 항목이 늘었다.

바로 선택했다.

그러자 눈앞이 꾸물거리며 일그러지고— 다시 돌아오자 다른 풍경으로 변했다.

그곳은 목조로 된 판타지풍 가옥 안이었다.

살풍경하고 가구는 아무것도 없다. 위로 이어지는 계단과 방 몇 개의 문이 보인다.

"뭐, 길드 하우스를 막 받았을 뿐이니까. 가구가 딸려 나오는 건 지나친 바람인가."

이 게임은 가구도 합성할 수 있으니까.

그런 걸 모으며 마음대로 코디네이트하라는 소리다.

응, 좋네. 마이 홈! 고생한 보람이 있다!

"류! 오늘부터 여기가 우리 집이야! 네가 느긋하게 보낼 수 있는 공간도 만들어 줄게~."

"뀨~뀨~♪"

"좋았어, 위층도 살펴볼까?"

계단을 올라가기 위해 다가가자—.

"앗! 렌~. 좋은 아침."

계단 위에 아키라가 있었다. 나는 위를 보며 인사를—.

"오오, 좋은 아침. 아키라…… 오옷?!"

소리를 지르고 만 것은, 보였으니까.

소드 댄서 장비였고, 치맛단이 짧아서, 계단 각도 문제로—.

잘 보여서 최고였지만 이건 불가항력이었다.

"앗?!"

아키라도 내 반응으로 무슨 일인가 전해졌는지 바로 들어가 버렸다.

"돼, 됐어. 올라와."

"그래, 알았어."

계단을 올라가자 옆에 서 있던 아키라는 이미 여고생 차림이었다.

"……지금 이건, 나도 부주의했으니까 화내지는 않을게."

"아아— 고마워……. 왜 소드 댄서 장비였는데?"

"어제 차림이었는데, 텐션이 올라가서 갈아입는 걸 잊어버렸어."

"그렇군—."

뭐, 나도 두근두근해서 일찍 일어났고, 다들 조금 들뜬 느낌이긴 하다.

"지금은 아직 아무것도 없지만, 앞으로 이것저것 커스텀할 수 있을 것 같으니까 기대되네!"

조금 차분해진 아키라가 싱긋 웃는 얼굴을 보였다.

"그러게. 이 살풍경함이 반대로 왠지 두근두근하다니까! 지금부터 어떻게 개조해줄까!"

평범한 온라인 게임에도 비슷한 시스템은 있지만, 체감으로는 완전한 실사인 UW 쪽이 기쁨은 훨씬 컸다.

염원하던 마이 홈을 손에 넣은 세상의 아버지들이 어떤 심정인지 조금 이해가 되네!

"후후후…… 렌은 어쩌고 싶은데?"

"그야 우선 합성을 하고 싶으니까 마이 공방을 갖고 싶네! 그리고 만든 걸 팔기 위한 가게가 필요하고, 상품이나 합성 재료 보관고도 필요하지!"

"그럼 코토미랑 유우나가 돌아오면 다 함께 어떻게 쓸지 방침 회의를 해야겠네!"

"오, 그래? 다들 와 있었구나. 내가 마지막인가."

"응. 두 사람 다 잠시 바깥도 보고 오겠다고 했거든. 아, 저기저기 렌. 기념으로 같이 스크린샷 찍을래?"

아키라가 카메라를 꺼냈다.

"알았어. 스마트폰 셀카봉 같은 게 있다면 좋았을 텐데."

손을 뻗어서 떨어져서 찍을 수밖에 없다.

그러자 류가 카메라에 손을 뻗었다.

"뀨~뀨뀨뀨~."

자기를 가리키며 고개를 끄덕끄덕.

"아, 류가 찍어줄 거야?"

"뀨뀨."

끄덕끄덕. 오오, 그럴 수도 있는 건가? 역시 수호룡은 유능하네.

이렇게 길드 하우스를 살 수 있게 된 것도 네 덕분이야. 진짜로 유능한 아이이다.

그런고로 류에게 사진을 찍어달라고 해서 편하게 찍었다.

"저기, 렌. 조금 억지로 권유했었는데…… 이 학교에 오길 잘한 것 같아?"

"그야 물론! 지금까지도 즐거웠고, 앞으로도 즐거울 것 같은데?"

"응, 나도! 앞으로도 잔뜩 즐기자?"

아키라는 그렇게 말하며 엄청 귀여운 미소를 지었다.

이야~ 우락부락 수인 캐릭터였던 친구의 알맹이가 사실 이랬을 줄이야……. 돌이켜봐도 놀랍다.

"그래. 앞으로도 잘 부탁해."

"응!"

악수. 왠지 모르게 해버렸다. 아키라의 손은 무척 부드러운 느낌이었다.

앞으로는, 일단 이 길드 하우스를 다 함께 커스텀해야겠지.

그리고 길드도 크게 만들어서 장래에는 부유섬을 받아—.

문장술사로서 일격필살의 로망도 더욱 추구하고 싶고, 마라톤 러너로서의 가능성도 규명하고 싶다. 류의 육성에도 힘써야지.

아아, 길드 대항 이벤트에서 자이언트 킬링을 하는 것도 잊어서는 안 된다.

이 게임은 이것저것 할 일이 많네.

3학년 졸업 때까지 어디까지 할 수 있을지 모르겠다.

아무튼, 열심히 즐겨보자!

그때, 산책에서 돌아온 마에다와 야노가 모습을 보였다.

"오. 타카시로도 왔네. 좋은 아침~."

"좋은 아침. 타카시로."

"그래. 좋은 아침이야."

"코토미랑 유우나도 어서 와."

"어라아, 혹시 방해했어? 좀 더 러브러브하게 해줘! 라는 느낌이었어?"

"아, 아니거든! 정말……!"

아키라가 얼굴을 살짝 붉혔다.

"야노 너는 바로 그런 이야기로 끌고 가려 하네."

"그야 뭐, 그게 아니라면 이런 패션은 안 하잖아."

"그런가?"

"그럼그럼. 바보니까, 패션이랑 사랑 이야기랑 게임 이야기 정도밖에 못한다구."

"그건 섭섭한데. 게임이란 눈앞의 현상 속에 잠든 계산식이나, 스테이터스 1포인트의 의미를 파고들고 검증해서, 거기서 자기 나름의 이론을 구축해서 결과를 내는 게 즐거운 거라고. 아무 생각 없이 즐기는 게 아니라, 생각을 하게 해주니까 즐거운 거란 말이지."

"우와. 왠지 재수 없어!"

"렌은 렌대로 그런 소리만 하고……."

복도 쪽에서 실례한다는 목소리가 들렸다.